KB102050

도서관 민주주의

도서관 민주주의

Library Democracy

현진권

살림

왜 이 책을 썼는가?

필자는 국회도서관장으로 재직하면서 전국의 주요 도서관을 견학할 기회가 많았다. 직업이 주는 최고의 행운이었고 행복이었다. 도서관은 실로 가지각색이었다. 아직도 남학생, 여학생 열람실로 나뉘어져 있는 공공도서관도 있었다. 타임머신을 타고 간 듯 학창 시절의 추억을 느낄 수 있게 해주는 따뜻한 곳들이었다. 몇 만 원의 입장료를 내는 사립도서관도 있었다. 공짜 도서관에 익숙한 우리 세대에게는 충격이었다.

무엇보다도 필자의 마음을 사로잡은 도서관은 최근에 개관한 공공도서관이었다. 도서관을 단순히 '책 읽는 장소'로 생각하는 우리의 도서관 개념을 파괴한 혁신적인 도서관이었다. 궁금했다. 왜 요사이 이런 혁신적 공공도서관이 생기고 있는 걸까? 소설가는 상상력을 통해 세상을 해석한다. 경제학자인 필자는 경제학적 사고로 이런 현상을 해석해보려고 했다.

필자의 학문적 관심 분야 중 하나는 정치 현상을 경제 논리로 해석하는 것이다. 우리는 정치를 너무 규범적인 시각으로 평가한다. 우리는 정치인이란 고상하게 국가만을 생각해야 하는 집단으로 생각한다. 그런데 실제로는 그렇지 않다. 이러한 괴리 때문에 우리는 정치인을 나쁜 사람으로 치부하고, 정치를 불신하고 마침내 무관심의 대상으로 삼게 된다. 그런데 경제 논리로 정치 현상을 보면, 일단 마음이 편해진다. 모든 인간은 결국 사익을 추구한다는 명제에서 출발해, 기업을 보듯 정치인을 보면 정치 현상을 차분하게 이해할 수 있다.

정치인은 국가를 위해 행동할까, 아니면 당선을 위해 행동할까? 당선을 위해서 살아가는 정치인은 과연 나쁜 정치인인가? 결국 정치인이 항상 주장하는 국가나 공익은 내세우는 명분일 뿐이다. 정치인도 사익, 즉 개인의 당선을 위해 일한다. 정치인만 유독 나쁘다는 것이 아니다. 결국 모든 인간은 똑같다는 것을 인정하자는 것이다. 이런 관점에서 경제학에서 발전한 학문이 있다. 바로 '공공 선택public choice'이다. 공공 선택이라는 렌즈로 최근 혁신 공공도서관이 탄생하게 된 이유를 해석해보고자 한다. 이것이 필자가 책을 쓰게 된 배경이다.

모든 인간의 행동과 업적은 그 인간의 쌓여진 생각과 확신에서 나온다. 필자 머리에 쌓인 것은 경제 논리다. 그래서 경제 논리로 공공도서관을 해석해보았다. 확신자는 항상 극단적인 주장을 한다. 필자도 마찬가지다. 공공도서관의 건립 여부도 결국 정치인이 결정하는 것이다. 정치인은 민주주의 체제하에서 행위한다. 그래서 공공도서관, 민주주의, 정치 시장을 서로 연계해서 흥미로운 주장을 해보았다.

물론 필자의 주장에 대해서 많은 비판이 예상된다. 지금까지 정치 시장 관점에서 공공도서관을 해석하고, 실제 공공도서관을 연결시킨 주장은 없었을 것이다. 세상을 보는 관점은 다양해야만 한다. 국회와 도서관의 공통분모에 있는 국회도서관장 입장에서 정치와 도서관을 연결해보았다. 도서관을 현장 방문하여 얻은 체험과 필자의 경제 논리 위에서 하나의 가설을 세워보았다. 아무쪼록 이 책이 우리 도서관의 발전과 정치 발전, 나아가서 민주주의 발전에 조금이나마 도움이 되었으면 하는 마음이다.

2021년 어느 날

여의도 국회도서관장실에서 현진권

차례

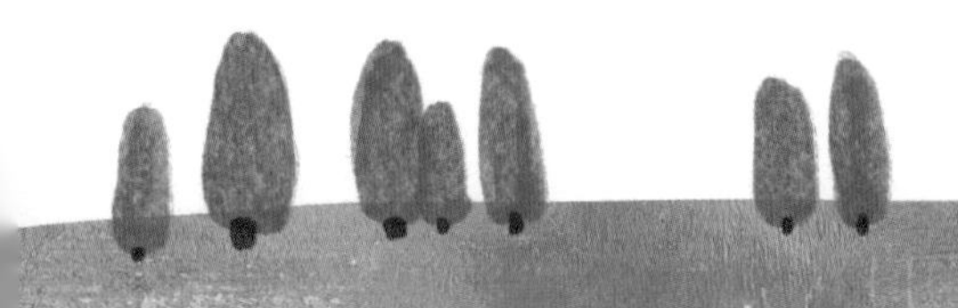

제3장
경제학으로 풀어보는 민주주의 본질과 도서관_61

제4장
좋은 도서관의 공통 코드: 철학과 개성_89

제5장
도서관도 어쩔 수 없이 '돈'이 문제다_129

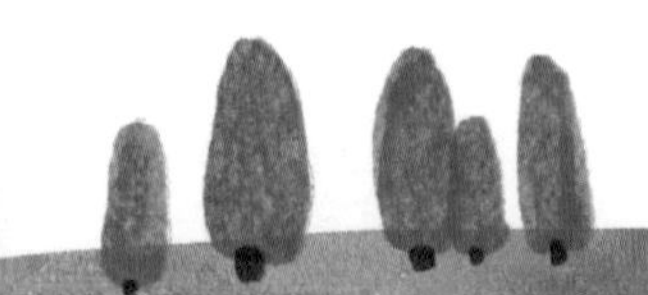
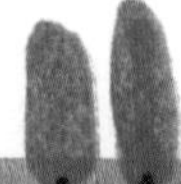

제6장
우리 역사와 함께 걸어온 공공도서관_157

제7장
도서관으로 세상을 바꿀 수 있다_179

제1장

도서관을 알아야 정치가 보인다

“

의문이 생기면 일단 도서관에 간다.

When in doubt go to the library.

”

- J.K. 롤링J.K. Rowling, 영국 소설가 -

도서관, 정치 그리고 민주주의

"도서관과 민주주의는 같이 간다."

미국 민주당 대통령 후보였던 힐러리 클린턴의 말이다. 매년 열리는 미국도서관협회 연차회의 연설 중 가장 인상 깊은 문장이었다. 원어로는 "Libraries and democracy go hand in hand."다. 처음에는 이해하기 어려웠으나, 곰곰이 생각하니 깊은 철학이 담긴 명문임을 알 수 있었다.

우리는 'democracy'를 '민주주의'라고 번역한다. 이 번역은 일본이 메이지 유신 이후 서양 문물을 받아들이는 과정에서 만들었다. 동양 역사에선 민주주의 정치 제도가 존재하지 않았기 때문에, 용어가 존재하지 않았다. 따라서 민주주의라는 한자어는 일본의 창작물이다. 이후 같은 한자 문화권인 우리나라와 중국도 '민주주의'라는 한자말 번역을 그대로 가져왔다. 그런데 이 번역에는 커다란 실수가 있다. 민주주의에서 '주의'라는 표현이다. '주의'는 영어로 'ism'이고, 사상을 의미한다. 그래서 'capitalism', 'socialism'을 각각 '자본주의', '사회주의'로 번역한다. 그러니 'ism'이란 표현을 찾을 수 없는 'democracy'는 엄밀한 의미에서는 사상이 아니다. 정확히 번역하자면 '민주 제도'라고 하는 것이 옳다.

이 세상에는 완벽한 정치 제도란 존재할 수 없다. 인류는 오랜 역사 동안 절대적인 왕권 정치를 유지해왔다. 왕권 정치에서 왕과 국민은 수평적 관계가 아닌 수직적 관계를 유지한다. 그래서 왕에게 있어 국민은 보호의 대상이기보다 지배와 수탈의 대상이 되는 경우가 많았다. 하지만 인류 역사는 진보해왔다. 왕의 절대적 권력을 극복하고자 개인의 자유 개념이 생겨났고, 개개인이 자유로워지는 방향으로 인류는 걸어왔다. 절대 군주와 특권 계층으로부터 개인의 자유가 보장되는 제도적 장치가 바로 오늘날 우리가 향유하는 민주 제도인 것이다. 그래서 민주 제도에선 개인의 자유가 가장 핵심적인 가치이며, 민주 제도가 정착한 지금도 모든 국가들이 개인의 자유를 어떻게 지키느냐를 고심하고 있다. 정부의 권력으로부터 개인의 자유를 보장하는 민주주의 이상을 어떻게 실현하느냐가 곧 현대 정치의 가장 중요한 과제인 것이다.

민주주의의 가장 완벽한 형태는 아마도 직접 민주주의일 것이다. 모든 사회 구성원이 의사 결정 과정에 참여한다면 그 결정의 민주적 정당성이 높아질 것이기 때문이다. 그러나 현실에선 국민의 대표자가 국민을 대신해 민주주의 정치를 운영해나간다. 이것이 간접 민주주의, 또는 대의 민주주의다. 그래서 민주 제도 역시 완벽할 수 없다. 민주 제도의 발원지인 고대 그리스의 소크라테스와 플라톤도 민주 제도의 허점을 지적했다. 심지어 플라톤은 가장 이상적인 정치 제도로 '민주 제도'가 아닌 '철인 정치'를 꼽았다. 민주 제도의 강점도 분명 존재한다. 군주 제도와 달리 민주 제도에선 정권이 바뀌어도 사람의 희생과 피를 수반하지 않는다. 또한 민주주의 정치에서 지금은 당장 소수라 할지라도, 훗날 언제든 다수가 될 수 있는 가능성은 늘 열려 있다. 이것이 민주주의 정치가 주는 역동성이자 공정함이기도 하다.

다시 정확히 짚고 넘어가자면, 민주주의는 여러 정치 제도 중 하나이다. 지금까지 인류는 여러 가지 형태의 정치 제도를 운영하였고, 그 결과 민주주의가 차선이란 교훈을 얻었다. 그래서 대부분의 선진 국가들이 민주주의를 채택했고 저발전 국가들 역시 민주화의 경로를 밟아나가고 있다. 그러나 민주주의도 어떻게 운영하느냐에 따라 그 결과가 달라진다. 만약 민주 제도에 의해 잘못된 결정을 내리고 이성을 잃는다면 그 나라는 혼란에 빠지게 된다. 제대로 된 민주 제도의 정착을 위해선 개인의 올바른 생각이 정립되어야 한다. 스스로 판단할 수 있는 능력을 갖춘 개인이 되어야 한다는 의미다. 스스로 생각할 수 있는 개인이 되기 위해서는 많은 정보와 지식이 필요하다.

바로 도서관이 개인이 생각의 실험을 할 수 있도록 해주는 공간이다. 숱한 생각의 오류와 실패를 경험할 수 있고, 이로 인해 더 현명한 개인으로 다시 태어날 수 있도록 해주는 공간이 도서관이다. 그래서 민주 제도의 발전에 있어 도서관의 발전은 필수적인 전제 조건인 것이다.

우리나라 민주 제도는 이제 성숙의 단계에 접어들었다.

민주 제도의 성숙은 국민의 성숙이 뒷받침되어야 하고, 국민의 성숙은 개인의 성숙에서 비롯된다. 개인의 성숙은 개인이 스스로 생각하고 판단하는 '인식에서의 독립', '선택에서의 독립'이 전제되어야 한다. 개인이 집단 인식에 중독되고, 집단의 선택에 무비판적으로 휩쓸려가게 되면, 아무리 좋은 민주 제도를 만들어도 그 제도는 실패할 수밖에 없게 된다. 이제 민주 제도하에서 우리 국민이, 아니 우리 개인이 도서관에 대한 갈증을 느끼고 있다. 도서관에 대한 수요는 정치권이 해결해야 한다. 간접 민주주의하에서 정치인이란 국민, 즉 유권자들이 무엇을 원하는지를 정확하게 파악하는 능력을 가져야 한다. 유권자는 변화하고 있는데, 정치인이 변하지 않는다면, 그 정치인은 도태의 운명을 피할 수 없다. 팔리지 않는 물건을 만드는 기업이 부도를 면하지 못하는 것과 같은 이치다. 국민의 요구를 파악할 능력 있는 정치인은 결국 도서관 건립에 앞장서게 될 수밖에 없다.

물론 도서관의 숫자, 즉 양적인 증가를 의미하는 것은 아닐 것이다. 각 지역에 맞는 특화된 도서관을 고민해야 한다. 사회가 발전하는 여러 방법론 중 하나는 건전한 경쟁의 작동이다. 정치라는 시장도 마찬가지다. 정치인들이 좋은 도서관을 건립하기 위해 경쟁한다면 그 나라의 정치는 바른 정치라 할 수 있겠다. 그래서 최근 지역별로 특화된 양질의 도서관이 다수 건립되는 것은 우리 정치에 희망이 있다는 증거이기도 하다.

한 국가의 민주 제도 수준을 알려면 그 나라의 도서관을 보면 된다. 도서관과 민주 제도의 발전이 서로 미치는 영향은 상호적이다. 즉, 민주 제도가 발전할수록 도서관이 발전하지만, 그 반대의 방향도 성립된다는 이야기다. 도서관이 발전하면 민주 제도 수준도 높아진다. 도서관은 지역민의 생활과 밀접한 관계를 갖는다. 어쩌면 집보다 더 친근하고, 타인과 어울릴 수 있는 공간이 된다. 민주 제도 수준은 국민이 얼마나 개인으로 독립하느냐에 따라 결정된다. 개인이 '독립된 개인'이란 의식을 갖기 위해선 많은 교육과 생각의 진통 시간을 보내야 한다. 도서관은 지역민들이 생각의 시간을 가질 수 있는 일종의 교육의 장이다. 또한 각계 전문 분야의 강사를 초빙해 지역민이 직접 대화의 기회도 가질 수 있다. 인간은 평생 생각하고 공부해야 한다. 우린 교육과 공부 등을 교육 기관, 특히 대학의 전유물로 생각한다. 그 역할은 대학에만 주어진 것이 아니다. 오히려 국민들이 쉽게 접근할 수 있는 도서관이야말로 교육의 기능을 해낼 수 있는 곳이다. 특히 도서관은 특성상 지역민을 토대로 하기 때문에 대화와 토론이 더 쉽고 현장감있게 이루어질 수 있다. 따라서 도서관은 미래의 정치 발전을 위한 '민주주의 기본 자산'이다. 이미 많은 지역의 공공도서관에서 교양 강좌와 민주 시민 양성을 위한 다양한 프로그램이 진행되고 있다.

'도서관과 민주주의는 같이 간다.' 바람직한 민주 제도가 작동하는 국가엔 좋은 도서관이 많이 있다. 좋은 도서관이 많은 국가는 좋은 민주 제도를 실현하는 나라다. 좋은 도서관은 좋은 개인을 만들고, 좋은 개인이 모여 좋은 국민이 만들어진다. 종합해보면 좋은 도서관은 좋은 민주 제도를 만드는 것이다. 그래서 반복하여 강조한다. '도서관과 민주주의는 같이 간다.' 이제 우리 정치도 좋은 도서관을 만들기 위한 경쟁을 통해 더 뛰어난 민주 제도를 만들어가는 장이 되어야 한다. 도서관을 모르면 올바른 정치인이 될 수 없는 정치 환경을 정착시켜야 하는 것이다.

어울리지 않는 두 단어의 만남, 도서관 + 경쟁

우리는 '도서관'이라고 하는 단어에 좋은 인상을 갖고 있다. 조용한 서가와 책에 열중하는 사람들의 모습은 마음을 편안하게 해준다. 그중에서도 특히 '공공도서관'이라고 하면 왠지 더 좋은 이미지를 떠올린다. 반면 '경쟁'은 왠지 모르게 부정적으로 생각한다. 뭔가 비인간적이고 매몰차다는 감정을 느끼고, 승자가 독식하는 밀림이나 정글의 동물 사회를 생각하기도 한다.

그런데 도서관이란 단어와 경쟁이란 단어를 한번 합쳐보자. '도서관 경쟁', 어떤 이미지가 떠오르는가? 정치인이나 행정가들이 더 좋은 도서관을 만들기 위해 서로 경쟁한다면 어떤 느낌인가? 적어도 '나쁘다'는 인식을 갖기는 어렵다. 대다수가 경쟁에 대해 부정적으로 생각하고, 경쟁을 전쟁과 비슷한 개념으로 생각하며 반드시 승자와 패자가 나올 수밖에 없는 엄혹한 체제라고 생각한다. 특히 경쟁에서는 필연적으로 패자가 존재할 수밖에 없기 때문에 경쟁의 안타까운 결과인 패자의 입장에서 경쟁을 생각하는 경향도 있다.

그러나 경쟁이란 단순히 승자와 패자만을 가르는 원리가 아니다. 경쟁은 새로운 것을 창조해내는 경제 원리다. 경쟁은 인류가 존재한 이후로 항상 존재해왔다. 이는 인간의 유전자에 체화돼 있는 본능이다. 경쟁을 비판한 사회주의가 한때 세상을 흔들었지만, 아직도 우리 사회에 경쟁이 존재하는 이유는 경쟁으로 인해 인류가 발전하고 문명을 꽃피웠기 때문이다. 특히 사회주의 물결이 지구를 뒤덮었던 20세기의 시간은 고작 100년밖에 가지 못했다. 경쟁 없는 세상은 살맛 나지 않는 세상일 뿐만 아니라, 극심한 빈곤을 가져다 주었기 때문이다. 사회주의자들은 경쟁이 없는 지상의 천국을 만들려고 했지만, 경쟁 없는 세상은 지상의 지옥이 되고 말았다.

경쟁은 아무도 간섭하지 않아도 스스로 새로운 것을 창조해내는 경제 원리다. 최근에는 '도서관 경쟁'으로 인해 새로운 형태의 도서관이 만들어지고 있다. 새롭게 만들어진 도서관은 과거 독서실용 도서관이 아니다. 이제 도서관이 '관광 명소'가 되고, '복합 문화 공간'이 되는 시대다. 도서관에 대한 기존의 생각이 깨지고, 혁신적인 생각의 틀 위에 완전히 새로운 도서관이 만들어지고 있다. 도서관 경쟁은 새로운 모습의 도서관이 창조될 수 있게 하는 세상의 원리다. 그 것도 정치권에서 경쟁하게 하는 제도다. 흔히 우리는 정치를 나쁘게 생각한다. 정치인도 나쁘게 생각한다. 때문에 깨끗한 사람일수록 정치와 멀리해야 한다고 여긴다. 그러나 세상에 존재하는 대부분의 제도는 정치에서 결정된다. 정치가 나쁘면, 세상도 나빠진다. 정치에서 올바른 경쟁이 펼쳐져야 더 나은 세상이 열린다. 정치권에서 더 좋은 도서관을 만들기 위한 경쟁이 펼쳐져야 세상이 발전하는 것이다. 단순히 '더 많이 짓겠다'는 경쟁은 무의미하다. 동네에 단순히 도서관 하나를 더 만든다고 해서 사람들이 감동하지는 않는다. 본질은 질적인 경쟁이다.

도서관이 관광 명소가 되지 말라는 법이 없다. 지금까지 볼 수 없었던 독특한 도서관이 탄생한다면 그 도서관은 소위 '핫 플레이스'가 된다. 페이스북과 인스타, 유튜브에 담고 싶은 특별한 공간이 된다. 멋진 옷을 입고 도서관에서 찍는 사진 한 장이 나의 품격과 행복을 높여준다. 아이들에게 따뜻한 추억의 사진 한 장을 남겨줄 수 있는 곳이 도서관이 되지 말라는 법은 없다. 지친 심신을 위로하고 휴식을 만끽하는 쇼핑몰도 될 수 있다.

요즘 '몰세권'이라는 말이 유행이다. 멋진 쇼핑몰과의 거리가 집값을 결정한다. 그래서 지역마다 멀티플렉스를 유지하기 위해 경쟁한다.

도서관도 바로 그렇게 될 수 있다. 친구를 만나고, 커피도 마시며, 식사도 같이 하고, 때론 혼자서 생각하고 책도 볼 수 있는 공간이 바로 '종합 문화몰' 겸 도서관이 될 수 있다. 모든 건 생각의 경쟁이다. 도서관 경쟁은 결국은 생각의 경쟁이다. 그래서 정치인으로 하여금 생각하게 하는 것이 '도서관 경쟁'이다. 그 결과 지역마다 특화된 새로운 모습의 도서관이 탄생한다고 상상해보자. 그것이 바로 좋은 정치가 지역민에게 주는 선물이 된다. 정치인에게 도서관으로 경쟁하게 하자. 이 같은 경쟁이 작동하려면 지역 도서관에서 어떤 변화가 생겨나고 있는지 알아야 한다. 정치인이 도서관으로 더 치열하게 경쟁하도록 해야 한다.

도서관 모르면 정치도 못 한다

정치인이 도서관으로 경쟁을 하려면 도서관이란 무엇인지 제대로 알아야 한다. 일반적으로 도서관이라고 하면 정부에서 예산을 받아, 지역민에 무료로 책과 자료를 제공하는 공공도서관을 생각한다.

그러나 경쟁에서 이기기 위해선, 다른 사람이 생각하지 못하는 것을 생각해낼 수 있어야 한다. 정부 예산을 따서 공공도서관을 건립하는 것은 누구나 생각할 수 있으므로, 그것만으론 경쟁력이 떨어진다. 결국은 도서관 개념과 재정구조를 제대로 알아야 한다. 사실 정부 예산이 없어도 아이디어를 개발하면 얼마든지 좋은 도서관을 해당 지역에 만들 수 있다. 이제 도서관을 모르면, 정치를 제대로 할 수 없는 세상이 머지않았다.

정부 예산을 많이 받아 초호화 공공도서관을 건립하면 당장은 좋을 수 있다. 그러나 정부 예산을 따는 것도 그리 쉬운 일이 아니다. 정치인은 정부 예산을 확보할 권한도 있지만, 그것만이 능사가 아니다. 더 강력한 정책 수단이 있다.

바로 제도를 만들고, 제도를 운영하는 권한이다. 공공도서관은 꼭 정부 예산이 있어야만 지을 수 있는 게 아니다. 민간에서도 얼마든지 공공도서관을 만들 수 있다. 다만 민간이 공공도서관을 건립하도록 제도적 분위기를 만들어줘야 한다. 우리 주위에는 한평생 모은 재산을 기꺼이 기부하려는 독지가들이 많이 있다. 이런 기부 자산을 공공도서관 건립으로 연결시키면 된다. 정치인이 가진 권한과 영향력, 사회적 권위를 통해 얼마든지 가능하다. 기부에 따른 명예를 보장하고, 사회 발전에 기여한 보람을 느끼게 해줘야 한다. 기업에도 공공도서관 건립을 통해 기부 채납의 기회를 제공할 수 있다. 우리 기업은 해마다 사회적 공헌을 위해 많은 기부 활동을 한다. 소위 말하는 '기업의 사회적 책임'이라는 명분으로 여러 가지 공익사업을 벌이고 있다. 기업 입장에서도 지역민을 위한 공공도서관을 건립하는 것이 지역민에게 기부 기업에 대한 이미지를 오랜 기간 동안 높이는 효과적인 전략이 된다. 기부자 이름을 공공도서관 이름으로 사용하도록 하면, 기부자나 기부 기업에 대한 홍보 효과를 극대화할 수 있다. 우린 공공시설에 민간 기부자의 이름을 붙이는 것을 이상하게 생각한다. 그러나 이름을 붙이는 간단한 아이디어 하나로 적극적인 기부 행위를 유도할 수 있다.

지역 특성에 따라 꼭 공공도서관일 필요는 없다. 사립도서관이라고 해도 얼마든지 그 지역민의 공익 향상에 영향을 끼칠 수 있다. 공공도서관보다 훨씬 나은 서비스를 창출할 수 있는 사립도서관이 건립되도록 각종 규제를 없애면 된다. 도서관은 동질적인 하나의 서비스를 제공하는 시설이 아니다. 모든 도서관은 독특하고 유일한 존재여야 한다. 공공도서관과 함께, 전혀 다른 서비스를 제공하는 사립도서관이 생겨날 수 있는 제도적 여건을 만들어주면 지역 사회는 더 풍요로워질 것이다. 선진국은 다른 게 아니다. 다양한 서비스를 가진 시설들이 많아서, 주민들이 자유롭게 선택할 폭이 넓어지는 사회를 의미한다.

지역 도서관 건립은 결국 돈 문제다. 돈은 공공 부문에서 나오지만, 민간의 자금도 얼마든지 투입될 수 있도록 해야 한다. 그러기 위해선 도서관의 건립과 운영에 필요한 돈의 흐름, 즉 재정에 대한 지식을 가져야 한다. 세금으로 만들어지는 공공도서관이 항상 정답이 될 순 없다. 세금은 사회적으로 비싼 정책 수단이다. 법을 통해 국민들의 지갑에서 강제로 돈을 거두는 제도이기 때문이다. 그래서 기본적으로 세금은 필요한 만큼만 최소한으로 걷는 것이 국민을 위한 것이다. 또한 강제적인 세금보다 자발적인 기부에 의해 도서관이 건립될 수 있는 환경을 만드는 것이 훨씬 더 바람직하다.

도서관을 모르면 정치를 할 수 없다. 다른 말로 표현하면 도서관을 알아야 정치인으로 선택받을 수 있다. 이제 정치인으로 살아남기 위해선 도서관 경쟁의 흐름을 알아야 한다. 그러려면 도서관에 대한 기본 지식이 필요하다. 이 책은 어쩌면 정치인들에게 필요한 지식을 제공하기 위한 지침서일지도 모른다. 또 이를 통해 도서관을 통한 경쟁을 더 치열하게 만들려는 필자의 의도도 있다. 정치인들이 조금 더 좋은 도서관을 만들려고 치열하게 경쟁하면, 그만큼 우리 정치 시장은 깨끗해질 것이다. 이제 유권자들도 정치인을 평가하기 위한 쉬운 방법으로 그 지역에 어떤 도서관이 있느냐를 보면 된다. 정치인을 평가하는 것은 매우 어렵다. 정치인들이 다양한 활동을 하기 때문이다. 이제는 지역민의 생활과 가장 밀접한 도서관 수준을 평가함으로써 좋은 정치인과 나쁜 정치인을 구분하는 잣대로 사용할 수 있다. 향후에도 그런 경쟁이 지속된다면, 모든 지역에 특화된 고유의 도서관이 탄생하게 될 것이다. 유적지와 자연 관광지뿐 아니라, 그 지역의 도서관이 필수적인 방문 기관이 되면 우리나라의 문화 수준도 그만큼 높아질 것이다. 이제 한 나라의 민주주의 수준과 문화 수준은 결국은 그 나라의 도서관 질을 보면 알 수 있는 그런 세상이 되었다.

제2장

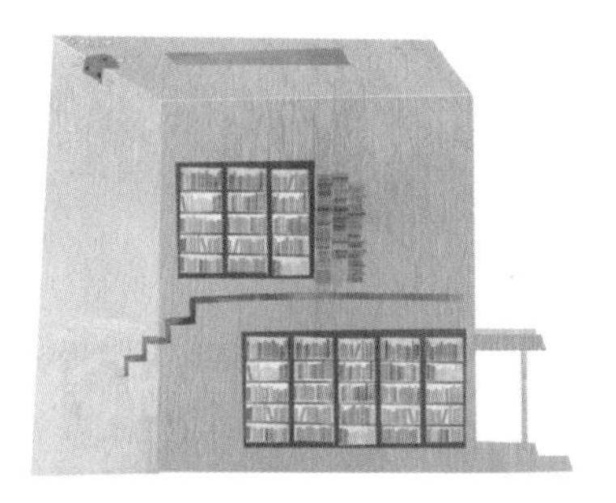

도서관의 다양성

“

도서관은 나에게 제2의 집과 같은 곳이었다.

아니, 실제로는 오히려 도서관이

진짜 우리 집 같은 곳이었는지도 모른다.

The library was like a second home, or maybe more like a real home,

more than the place I lived in.

”

- 무라카미 하루키, 일본 소설가 -

다양한 도서관이 존재하는 이유

도서관의 종류는 다양하다. 일반 사람이 자유롭게 이용 가능한 공공도서관, 대학에 있는 대학 도서관, 입장료를 내야 들어갈 수 있는 사립도서관 등이 대표적이다. 주로 도서관을 만드는 주체에 따라 도서관을 구분한다. 주체 구분의 기준은 공공 부문과 민간 부문이다. 명칭에서 알 수 있듯 공공 부문에서 만든 도서관이 '공공도서관'이다. 공공 부문이란 중앙 정부뿐 아니라 지방 정부를 포함한다. 정부나 시가 만든 도서관은 '시립 도서관'이라 하고, 정부나 도가 만드는 도서관은 '도립 도서관'이다. 이 밖에도 교육청이 만드는 공공도서관도 있다. 과거 교육청이 시·도 단위 자치 단체 정부 산하에 있을 때엔 지방 교육감을 지방 자치 단체장이 임

명했다. 따라서 교육청이 주체가 되어 만들었던 공공도서관도 현재 존재하는 시·도 단위의 공공도서관과 별다른 차이가 없었다. 그러나 교육감이 주민 투표에 의해 선택됨에 따라, 교육청 산하의 공공도서관이 시·도 단위의 공공도서관과는 조직적으로 차이를 갖게 됐다.

민간 부문이 만드는 도서관으로 '사립 공공도서관'과 '사립도서관'이 있다. 만드는 주체가 민간일 뿐, 실제 사용하는 형태가 일반인이 자유롭게 이용 가능하면 '사립 공공도서관'이 된다. 반면 사용자에게 입장료를 부담하게 하는 도서관이 '사립도서관'이다.

우리는 도서관 하면, 누구든지 무료로 입장할 수 있는 '무료 도서관'에 익숙하다. 주로 공공도서관이 이 같은 형태를 띤다. 그러나 무료인 공공도서관은 좋은 것이고, 유료 도서관이 꼭 나쁜 것만은 아니다. 이번 장에서는 여러 가지 형태의 도서관이 존재하는 이유를 경제학적 관점에서 살펴본다.

공공도서관, 무조건 '공공재'일까?

우리는 '공공재'라는 용어를 좋아하는 경향이 있다. 그래서 공공재라는 표현을 사용하는 경우를 자주 볼 수 있다. 공공도서관을 이야기할 때도 공공재와 연관해서 설명하기도 한다. 공공재는 왠지 공짜일 것이라는 인식이 깔려 있기 때문이다. 그래서 공공재 측면에서 공공도서관을 정리할 필요가 있다. 사실 '공공재'는 경제학에서 개발된 개념이다. 노벨 경제학상을 수상한 미국의 새뮤얼슨 교수가 1950년대에 처음으로 'public good'이란 개념을 발표했다. 그때까지 경제학에서는 민간에서 자유롭게 거래되는 '사유재'만 다루었다. 그러나 정부 개입은 모든 국가에서 일어나는 현상이므로, 이를 논리적으로 정립할 필요가 있었다. 정부가 개입할 수 밖에 없다는 경제적 당위성을 체계화하기 위해 '공공재'라는 개념을 만든 것이다. 이처럼 공공재는 엄격한 학문적 개념 정리를 바탕으로 만들어졌으므로, 본 뜻과 무관한 필요에 의해 일반 용어로 남용되는 것을 조심해야 한다. 하지만 현실에서는 공공재라는 학술 용어가 보편적인 일반 용어로

빈번하게 사용되고 있으며, 원래 의미와는 다른 개념으로 오용되고 있다. 대표적으로 잘못된 사용법이 정부가 제공하는 재화면 무조건 '공공재'라고 하거나, '공공재'라고 규정하면 무조건 정부에서 제공해야 한다고 주장하는 경우다. 모두 잘못됐다. 공공재는 경제학적 개념이고, 경제 환경이 변함에 따라 언제든지 변화할 수 있기 때문에 조심스럽게 접근할 필요가 있다.

공공재의 경제학적 정의는 '누구든지 자유롭게 사용할 수 있으면서, 사용하는 사람들이 서로 불편을 느끼지 않는 재화'를 의미한다. 이는 두 가지 특성이 동시에 만족되는 재화를 의미한다. 즉 '누구든지 자유롭게 사용할 수 있다'는 특성과 '사용하는 사람이 서로 불편을 느끼지 않아야 한다'는 특성을 동시에 만족하는 재화다. 전문적인 용어로는 '비배제성'과 '비경합성'으로 정리되기도 한다. 무료로 사용할 수 있는 공공도서관은 누구든지 사용할 수 있고, 사용하는 사람이 서로 불편을 느끼지 않으므로, '공공재'라고 할 수 있다. 그러나 입장료를 받거나, 대학 도서관처럼 대학 관련자가 아니면 사용하지 못하는 도서관이면 공공재가 아니다. 누군가를 배제하는 공간이기 때문이다. 또한 공공도서관이라고 해도 특정 시간에 너무 많은 사람이 몰려서 혼잡한 공공도서관은, 도서관을 사용하는 사람이 사용에 불편을 느끼므로 공공재가 되지 못한다. 따라서 '공공도서관=공공재'라는 기계적인 접근은 옳지 않다. 공공도서관도 얼마든지 공공재가 아닐 수 있다는 것이다. 결론적으로 공공도서관은 누구나 자유롭게 사용하면서도 사용하는 사람이 서로 불편을 느끼지 못하는 경우에만 공공재로 정의할 수 있다. '공공도서관=공공재'라는 수학 공식과 같은 생각은 틀린 것이다. 또 이것이 공공재에 대한 불필요한 오해를 야기할 수도 있다.

쉽게 말하자면 공공도서관은 공공재일 수도 있고, 아닐 수도 있다. 주어진 환경에 따라 다르게 정의된다. 공공재는 화학 물질처럼 본질적이거나 기계적인 특성으로 정의되는 것이 아니다. 예를 들면, 나트륨은 어디에 있든지 화학 물질로 정의되는 본질적인 특성을 가진 물질이다. 그러나 공공재는 경제적 정의이기 때문에 경제 환경이 변하면, 얼마든지 변한다. 같은 공공도서관이라고 해도, 도서관 용량을 초과해서 열람객이 몰려서 혼잡하면, 그땐 공공재가 아니다.

즉 주위 환경에 따라 공공재인지 아닌지의 여부가 변화하는 것이다. 공공재라는 용어가 경제적 정의이기 때문이다.

물론 "공공도서관은 반드시 공공재다"라는 주장이 틀렸다고 해서, 공공도서관의 건립과 운영에 있어 정부의 역할이 불필요한 것은 결코 아니다. 공공재든 아니든 정부 역할의 필요성은 별개의 문제다. 우리는 공공재라는 것은 반드시 정부가 제공해야 한다는 잘못된 인식을 갖고 있다. 솔직히 말해서 '공공재'라는 표현을 남용하는 것의 이면에는 정부의 역할과 예산 투입을 강조하기 위한 의도도 깔려 있다. 그래서 공공재 논리를 남발하는 경향이 있는 것이다. 실제 공공재이더라도, 얼마든지 민간이 제공할 수도 있다. 공공도서관은 대체로 공공재다. 그러나 공공재이기 때문에 민간의 역할은 없고, 정부에서 전적으로 책임져야 한다는 논리는 틀렸다는 것이다. 지금도 공공도서관은 공공 부문에서 대부분 건립하고 있다. 그러나 민간 영역에서도 공공도서관 건립이 가능하다. 이때는 민간이 공공재를 제공하게 된다. 그러므로 '공공도서관=공공재=정부 건립'이라는 논리적 사고에서 벗어나야 한다.

민간에서도 공공도서관을 만들 수 있다

민간이 만드는 공공도서관은 무엇일까? 이를 '사립 공공도서관'이라고 말한다. 그렇다면 사립 공공도서관은 공공재인가? 이러한 도서관들은 민간에서 만들었지만 도서관 이용자에게 입장료를 부과하지 않는다면 누구든 자유롭게 이용이 가능하다. 때문에 민간에서 만든 공공도서관이지만, 이때는 공공재가 된다. 만약에 이 사립 공공도서관이 이용자에게 입장료를 부과하면, 더 이상 공공재가 아닌 것이다.

사립 공공도서관은 어떻게 탄생하는가. 민간에서 공공도서관을 만드는 이유는 크게 두 가지다. 먼저 공공 부문에서 공공도서관을 제대로 만들지 않을 경우, 민간에서 자발적으로 공공도서관을 만든다. 각 지방 자치 단체의 예산은 지역 특성에 따라 다양하게 집행되고 있다. 때문에 지역에서 특성 사업에 치중할 경우, 상대적으로 공공도서관을 제대로 건립하지 못하는 경우가 발생한다. 이때 공공도서관의 중요성을 인식한 민간의 자선가들이 공공도서관을 자발적으로 건립하는 경우가 있다. 민간이 정부 역할을 대신해서 수행한 결과다. 이런 관점에서 만들어진 대표적인 사립 공공도서관이 경기도 용인시에 있는 '느티나무 도서관'이다.

두 번째 이유는 공립 공공도서관의 서비스 수준이 상대적으로 낮기 때문이다. 도서관은 일종의 문화 재화다. 단순히 수량으로 측정 가능한 재화가 아닌, 여러 가지 복합적인 특성들이 모여 질적으로 우수한 도서관 서비스를 제공한다. 소득이 높아지면 사람들은 자연스럽게 보다 고급스런 문화를 찾는다. 고급 문화는 다양성이 생명이다. 도서관도 예외일 수 없다. 소득이 높아질수록 다양한 형태를 반영한 도서관에 대한 수요가 늘 수밖에 없다. 최근에도 이런 다양성을 만족시키는 공공도서관이 많이 생기고 있다. 그러나 정부에서 만드는 공공도서관은 고급 서비스를 제공하는 데 한계가 있다. 정부의 모든 지출은 규제와 감독이라는 여과 장치를 통해 이루어지기에 새로운 창조적인 도서관 서비스가 만들어지기에는 한계가 있다. 단적인 예로, 도서관 집기를 구매할 때는 조달청을 통해서 해야 한다. 조달청의 규제와 감독 절차를 거치고 나면, 혁신적 아이디어는 남아나지 않는 게 일반적이다. 그래서 공공도서관은 획일적일 수밖에 없는 태

생적 한계가 있다.

그렇다면 공공도서관은 주민들의 다양한 욕구를 반영한 서비스를 제공할 수 없는 걸까? 정부의 서비스는 획일적이지만, 모든 사람에게 공평하게 제공할 수 있다는 장점이 있다. 반면 민간은 효율적이고, 다양한 서비스를 제공할 수 있는 것이 장점이다. 이 두 가지를 모두 반영하는, 다시 말해 모두에게 공평하게 적용되면서 효율적이고 다양한 서비스를 제공하는 도서관은 존재할 수 없는 걸까. 있다. 바로 민간이 제공하는 공공재다. 경제학에서는 이를 'Privately provided public good'이라고 규정한다. 이것을 공공도서관에 적용하면, '민간이 제공하는 공공도서관'이 되고, 도서관법으로 구분하자면 '사립 공공도서관'이 된다. 정부에선 영어로 'Non-governmental public library'라 표현하지만 틀렸다. 올바른 영어 표현은 'Privately provided public library'이다.

사립 공공도서관은 누구든 마음대로 사용이 가능하고, 모두 함께 사용해도 불편을 느끼지 않는 공공도서관이다. 운영 주체가 정부가 아닌 민간일 뿐이다. 또 정부의 규제와 감독을 받지 않으니 주민들의 다양한 요구를 반영할 수 있어 만족도를 최상으로 높이는 것이 가능하다. 의자 하나, 책상 하나를 놓더라도 경영가의 철학을 불어넣을 수 있고, 이를 이용하는 주민들도 다양한 서비스를 누릴 수 있으니 좋다. 지방 정부 또한 돈 한 푼 들이지 않고 지역에 도서관을 유치한 셈이니 모두에게 이른바 '윈윈win-win'인 공공 서비스다. 그러나 민간이나 개인이 운영하는 공공도서관은 자선가의 기부에 의해 이루어지는 경우가 많은데, 그 비중이 그리 높지는 않다. 특히 기부 행위 문화가 보편적이지 않은 우리나라에선 더욱 그 사례가 희소하다. 상대적으로 종교 단체에서 운영하는 도서관이 비용 압박에 따른 고충으로부터 자유로운 편이다. 또 기부를 한다고 해도, 대학 등에 하는 경우가 대부분이어서 도서관에 대한 민간 기부는 활발하지 않다.

지속적으로 사립 공공도서관을 유지하기 위해선 지방 정부와 지역 주민의 관심이 필요하다. 우선 지방 정부는 사립 공공도서관의 운영 비용을 일정 부분 부담해야 한다. 지방 정부가 공공도서관을 지어서 운영하는 것보다 비용이 절감된다. 지방 정부 입장에서 사립 공공도서관을 건립한 주체는, 지방 정부가 해야 할 지역민을 위한 사업을 대신해

준 천사라고 생각하면 된다. 이 서비스의 최대 수혜자는 지역 주민이다. 받은 편익에 대해 어느 정도 본인의 경제 여건에 맞게 비용을 부담하는 마음 자세가 필요하다. 자선 기부자도 본인 지역의 사립 공공도서관에 기부하는 게 기부를 통한 자부심이 더 높을 것이다. 현재 정부의 공공도서관은 1,110곳이지만, 사립 공공도서관은 24곳뿐이다. 이 수치가 거꾸로였다면, 아마 우리 사회가 더 따뜻한 곳이라고 말할 수 있을 것이다.

용인시 느티나무 도서관

한국의 사립 공공도서관은 미미한 수준이다. 사립 공공도서관의 숫자가 공공도서관 숫자의 2% 남짓에 불과하다. 그런 가운데 그나마 일반적으로 많이 알려져 있는 사립 공공도서관으로 경기도 용인시에 있는 느티나무 도서관이 있다. 느티나무 도서관은 도서관과 지역민에 대한 한 개인의 열망으로 만들어졌다. 어쩌면 도서관을 통해 자선 정신을 펴는 개척자로 평가할 수 있다. 용인시는 공공도서관 서비스가 상대적으로 취약한 지역이다. 이런 환경에서 한 개인이 개척 정신을 발휘해 공공도서관을 만들었고, 운영도 직접 맡고 있다. 민간이 건립하고 운영까지 맡아서 하는 순수한 의미의 공공도서관이다. 민간의 공공도서관이지만, 도서관 이용자에게 입장료를 받지 않으므로 공공재다. 공공재로서의 공공도서관이 지방 자치 단체가 아닌, 자선 정신을 가진 한 개인이 공공재를 건립하고 서비스를 제공하고 있다.

느티나무 도서관의 재정 구조를 보면, 기업 등 후원금이 전체 예산의 1/3을 차지하여 가장 높은 비중을 차지한

느티나무 도서관 전경

다. 또한 도서관 자체의 사업 수입을 통해서 전체 비용의 약 10% 내외를 충당한다. 그 외 중앙 정부와 지방 정부의 후원금과 관련 사업을 수행하여 비용을 충당하고 있다. 사립 공공도서관은 건립도 어렵지만, 건립하고 난 후에 운영하는 것도 개인이 맡아야 한다. 기업을 운영하는 정신으로 도서관을 운영해야 하므로, 기업가 정신도 뒤따라야 한다.

사립 공공도서관은 지역민을 대상으로 서비스를 제공하므로, 선정하는 자료부터 지역민의 수요를 반영하는 세심한 고려를 하고 있다. 일반적으로 소장 자료가 많으면 좋은 도서관으로 평가되는 경향이 있는데, 이는 잘못된 접근이다. 느티나무 도서관은 소장 자료가 약 5만 권 수준에 불과함에도 불구하고 지역민이 원하는 자료를 중심으로 특화된 서비스를 제공하고 있다. 국회도서관이나 국립 중앙 도서관처럼 소장 기관으로서의 기능에 충실해야 할 도서관은 소장 자료가 많을 수밖에 없지만, 지역 공공도서관은 구태여 많은 책자를 구입할 필요가 없다. 또한 소장하는 책도 중요하지만 소장에 따른 공간 비용이 높으므로, 지역민에게 필요한 책들을 중심으로 선정 배치하는 등 특화된 도서관으로 발전해야 한다.

미국 강철왕 카네기의 공공도서관이 위대한 이유

미국에는 국가를 발전시킨 위대한 기업가가 많다. 그중 한 명이 '앤드류 카네기'다. 우리에게 강철왕이라는 별명으로 알려진 그는 철강 산업을 통해 막강한 거부巨富가 됨과 동시에 국가 발전에도 지대한 공헌을 했다. 영국 스코틀랜드에서 태어난 그는 부모를 따라 미국으로 이민을 갔지만, 가난에서 벗어날 순 없었다. 어린 시절엔 제대로 공부할 수 없었고, 잡일을 하며 근근히 생계를 유지해나가야만 했다. '부모 찬스'는커녕 물론 학연과 지연의 끈도 없었던 그가 미국 경제 역사에 중요한 인물이 될 수 있었던 결정적 요인은 순전히 기업가로서의 자질 덕분이었다. 성공한 기업가는 남들과 다른 특징을 가지고 있다. 특히 인재를 발굴하고, 중시한 기업 경영은 특출했다. 아마도 카네기 대학을 설립한 이유도 인재의 중요성을 잘 인지한 철학에서 나왔을 것이다. 그래서 카네기는 "자기보다 현명한 사람들을 주변에 모이게 하는 법을 터득한 자, 이곳에 잠들다"라는 묘비명을 남겼다.

카네기의 기업가 정신은 실로 위대했다. 그러나 필자는 카네기의 '기업가 정신'보다 은퇴 이후의 '자선가 정신'

이 더 위대하다고 생각한다. 66세에 은퇴한 그는 18년간 철강 생산을 통해 모은 재산의 90%를 자선 사업에 사용하거나 기부했다. 자신이 일궈낸 부의 일부를 사회에 환원한 기업가는 그간 많이 있었다. 전체 재산 중 일정 부분을 떼어내 사회에 던져주는 기부 형식이 대부분이었다. 그러나 카네기는 달랐다. 기업을 운영하듯 자선 사업을 진두지휘했다. 카네기의 자선 사업 중 대표적인 업적이 도서관 건립이다. 그는 미국과 영국에 2,500여 개의 지역에 공공도서관을 만들었고, 그 공공도서관들은 여전히 각 지역의 중요한 문화적 자산으로 활용되고 있다. 참고로 지금 우리 공공도서관의 총 숫자는 1,100개 정도이니, 카네기의 공공도서관 건립 업적이 얼마나 대단한 규모인지를 알 수 있다. 제대로 된 교육조차 받지 못했던 카네기는 본인이 직접 도서관을 통해 얻은 경험을 잊지 않고 사회에 돌려줬다. 기업을 일궈내 부를 창출했듯, 공공도서관의 공익을 극대화한 것이다.

자신이 한평생 모은 재산의 가치는 본인이 가장 잘 안다. 그렇게 일군 부를 사회에 환원할 때엔 그 기부 대상이 본인이 느끼는 가치에 상응하는지에 대한 판단이 필요하다.

단순히 일정 부분을 떡 나누듯 기부하면 그 돈이 어떻게 쓰이는지 알 길이 없다. 이런 식의 기부는 평생 모은 재산의 일부가 낭비로 이어질지 모른다. 때문에 '기업가 정신'을 통한 경제적 성공도 중요하지만, 이에 못지않게 '자선가 정신'도 중요하다. 카네기의 자선가 정신은 공공도서관 건립을 통해 이루어졌고, 지금도 미국의 공공도서관 건립과 운영에 지대한 영향을 끼치게 되었다. 일반적으로 공공도서관이 정부에 의해 이루어지는 것을 당연시 여기지만, 미국은 카네기의 영향으로 사립 공공도서관이 전체 공공도서관에서 중요한 비중을 차지하고 있다.

카네기가 위대한 이유는 단순히 그가 막대한 부를 창출했고, 이를 통해 미국 경제 역사에 중요한 인물이 되었기 때문만이 아니다. 그를 더욱 빛나게 한 건 '기업가 정신'을 넘어, 사회가 필요로 하는 분야를 직접 찾아내 사업을 하듯 기부를 한 '자선가 정신' 덕분이다. 이런 자선가 정신이 반영된 사업 중의 하나가 사립 공공도서관이다.

하나의 상품, 사립도서관

사립도서관은 정부 지원 없이 민간이 설립하고 운영하는 도서관이다. 사립도서관도 일종의 기업과 같은 개념으로 볼 수 있다. 기업을 영리 기업과 비영리 기업으로 나눌 수 있듯이, 사립도서관도 설립 목적에 따라 영리를 추구할 수도 있고, 비영리·공익을 추구하기도 한다. '영리'라는 단어에 대해 나쁘게 생각하는 경향이 있는 사람들은, 자칫 공공도서관은 좋은 기관이고 사립도서관은 좋지 않다는 오류에 빠질 수 있다. 공공과 사익이 주는 인식의 차이에서 기인한 현상이다. 영리와 비슷한 용어로 '이윤', '수익', '사익' 등을 들 수 있는데 이 또한 좋지 않은 개념으로 여기는 이들이 있다. 그러다 보니 영리를 추구하는 사립도서관에 대해서도 좋지 않은 시선을 가지기 마련이다. 사립도서관에 대한 시각을 바로 정립하려면, 우선 영리와 이윤 등에 대한 인식을 제대로 정립할 필요가 있다.

영리, 이윤은 누군가를 착취해서 얻는 결과물이 아니다. 시장에서는 많은 상품들이 거래된다. 공급자는 돈을 벌기 위해서 열심히 상품을 개발하고, 소비자는 가장 낮은 가격으로 좋은 상품을 찾는다. 그래서 서로 이득이라고 생각하면, 시장에서 거래가 이루어진다. 공급자는 상품 원가보다 높은 가격을 받아서 좋고, 소비자는 본인이 느끼는 만족 수준보다 낮은 가격을 지불함으로써 서로 행복하다. 그래서 시장 거래는 자발적으로 이루어진다. 자발적으로 이루어진 결과로 발생하는 게 이윤이다. 이윤은 소비자를 착취해서가 아니고, 소비자를 만족시켰기 때문에 발생한 결과다. 이윤을 많이 낸 기업은 그만큼 많은 소비자들이 그 상품을 자발적으로 샀다는 말이고, 그만큼 그들이 더 행복해졌다. 그래서 이윤이 높을수록, 그 기업은 더 많은 소비자를 행복하게 했으므로, 사회에 공헌한 수준이 높아진다. 이러한 생각은 시장 경제를 새롭게 해석한 시각이었고, 애덤 스미스는 이를 체계적으로 정립하였다. 쉽게 표현하면, '사익=공익'이라는 의미이며, 아마 인류의 관념 역사에서 혁명적 시각으로 평가할 수 있다.

사립도서관도 하나의 상품이다. 영리를 목적으로 하는 사립도서관은 소비자의 선택을 받는 심판대에 서 있다. 소비자들이 외면하면, 그 사립도서관은 망할 수밖에 없다. 반면 많은 사람들이 그 사립도서관을 찾는다면 도서관은 돈도 벌고 흥행할 수 있다. 사립도서관은 소비자들을 강제적으로 도서관에 끌고 온 게 아니고, 자발적으로 찾아온 결과로 돈을 번다. 이때 사립도서관의 입장료는 그 사립도서관의 서비스 가격이다. 소비자는 사립도서관 서비스의 가격을 본 후 판단한다. 본인이 느끼는 행복감이 가격보다 높으면 찾아올 것이고, 행복감이 낮으면 그 도서관을 찾지 않는다. 이는 소비자의 개인적인 판단에 의해 결정되는 것이며, 소비자마다 서로 다른 판단을 하므로 각자의 선택에 의해 결정되는 것이다. 서울의 강남에 위치한 한 사립도서관의 입장료는 하루에 5만 원이다. 무료인 공공도서관을 생각하면, 이 사립도서관에는 아무도 없을 것이라고 생각하기 쉽다. 그러나 이 도서관을 찾는 사람이 의외로 많다. 무료 도서관이 많이 있음에도 불구하고, 5만 원이라는 고액을 내고 이 사립도서관을 찾는 이유는 무엇일까? 최고급 수준의 강연과 유명 화가의 작품, 멋진 연주와 풍미 가득한 와인 등이 있는 곳이다.

이런 도서관을 찾는 사람들은 비정상적인 사람들일까? 아니면 돈이 많아서 합리적인 행동을 못 하는 이상한 사람일까? 시장 경제 체제에서는 개인의 경제적 자유를 보장한다. 개인의 경제적 자유는 '선택의 자유'로 다르게 표현할 수 있다. 개인이 선택하는 결과에 대해서는 누구도 비판할 수 없다. 본인이 가격보다 더 높은 행복감을 얻는다고 주관적으로 느끼기 때문에 특정 상품을 구매한다. 사립도서관도 마찬가지다. 무료 도서관에서는 만족하지 못하는 질 높은 서비스를 사립도서관에서 얻을 수 있고, 그 가격이 본인이 느끼는 행복감 수준보다 낮기 때문에 사립도서관을 선택한다. 그 결과 사립도서관은 돈을 벌면서도, 이 도서관을 이용한 사람들을 만족시킨다. 따라서 사립도서관은 영리를 위해서 만들어졌지만, 결과적으로 이용하는 모든 사람들을 행복하게 한다. 그래서 사립도서관은 사익을 추구하지만, 결과적으로 공익도 달성한 것이며, 애덤 스미스가 이야기한 '사익=공익'의 원리가 그대로 적용되는 것이다.

사립도서관 중에선 영리를 추구하지 않는 비영리 법인 형태도 있다. 설립자가 고유 목적을 위해 이윤보다는 특정인을 대상으로 문화 등 활동 시설로서 활용하기 위해서 운영한다. 즉 자율성을 보장받고 설립 목적을 유지하는 형태이다. 이윤을 추구하지 않지만, 도서관 운영과 관련한 회원제 및 입장료 등에 대해 정부 간섭 없이 자유롭게 고유 목적을 추구하는 형태이다. 사립 공공도서관이 모든 사람이 자유롭게 이용할 수 있는 반면, 비영리 사립도서관은 모든 사람을 위한 것이 아닌, 특정 대상자를 한정해서 사용하게 하기 위해서 회원제 등을 활용한다. 따라서 비영리 사립도서관은 설립자의 고유 목적이 뚜렷하게 나타나는 경우가 많다.

소전서림

소전서림素磚書林은 영리 목적의 사립도서관이다. 부유층이 많이 사는 서울의 청담동에 2020년에 개관하였다. 우선 이름이 이상하다. 한자말이기 때문이다. 한글에 익숙한 사람에겐 친숙하지 않은 이름을 붙인 것을 보면, 도서관 설립자의 강한 신념을 간접적으로 느낄 수 있다. 한자말인 도서관 이름의 뜻은 '흰 벽돌로 둘러싸인 책의 숲'을 의미한다.

영리를 목적으로 하는 만큼, 열람하기 위한 가격이 만만

찮다. 연회비는 240만 원 수준이며 입장료는 종일의 경우는 5만 원, 반일은 3만 원이다. 가격은 상품의 질을 반영한다. 비교적 높은 가격에 맞게 소비자를 이끄는 다양한 서비스가 있다. 본래 미술관이었던 건물을 개조해서 도서관임에도 카페와 와인 바가 같은 공간에 위치해 있다. 일반적으로 도서관은 카페와 술을 멀리해야 하는 공간으로 생각하는데, 한 공간에 만들었다. 파격이다. 생각에서 파괴의 전율이 나온다. 사람들은 책을 보면서도 커피를 마시고, 때론 와인을 마시면서 이야기하고 싶어 한다. 무료 공공도서관에선 이런 융합적인 도서관 서비스를 기대할 수 없다. 사립도서관은 새로운 도서관 서비스를 창조해냄으로써 소비자들의 선택을 유도할 수 있다. 아니, 소비자들의 심판을 받는 것이다. 도서관에서 가장 중요한 시설은 의자다. 이 도서관에는 바닥이 기울어지는 독특한 형태의 의자를 비롯해 1인석부터 2인석, 4인석, 긴 테이블까지 독서 환경에 맞게 다채로운 의자를 배치해 선택의 폭을 늘려주고 있다. 사람이 경제적으로 윤택하게 되면, 선택의 폭이 넓어진다. 일반 공공도서관에서는 획일적인 의자를 사용하는 것이 일반적인 패턴이지만, 이 사립도서관은 소비자가 그날 기분에 따라 의자를 선택할 수 있도록 했다. 무료 공공도서관이 있음에도 비싼 사립도서관을 이용한다는 것은 공공도서관에서 얻지 못하는 서비스를 이곳에서 찾을 수 있기 때문이다. 사립도서관을 이용하는 사람은 고가임에도 불구하고, 본인이 느끼는 서비스 만족도가 가격보다 훨씬 높기에 자발적으로 사립도서관을 이용하는 것이다.

사실 우리의 경제 개발 초기 시대에는 이런 사립도서관의 개관은 불가능했다. 현실이 먹고 살기에 바쁘다면, 비싼 입

소전서림의 '예담'(사진 제공=소전서림)

장료를 내고 사용하는 이용객은 거의 없을 것이기 때문이다. 그러나 먹고 사는 문제가 해결되고 나면, 문화에 대한 수요는 급격히 증가한다. 도서관 문화도 마찬가지다. 우리 경제가 어느 정도 선진국 수준으로 진입함에 따라 도서관 문화에 대한 수요가 자연스럽게 증가하게 되었다. 이런 수요를 인지하고, 공급자는 고급 사립도서관을 창조해냈다. 경제학 원리에는 수요가 있으면 반드시 공급이 뒤따른다는 말이 있다. 수요를 정확히 파악하고 원하는 형태의 제품을 내놓으면, 그 공급자는 반드시 이윤을 본다. 수요를 정확하게 파악하는 능력은 쉬운 게 아니다. 사업에 성공한 기업가는 다른 사람들이 갖지 못한 무언가를 가지고 있다. 문화 도서관에 대한 욕구와 수요를 정확히 읽고, 적소에 사립도서관을 건립하는 일종의 '기업가 정신'을 필요로 한다. 앞으로 우리 경제가 발전하면, 도서관 문화에 대한 수요는 한층 높아지고 다양해질 것이다. 이런 수요를 만족시키면서, 돈도 버는 사립도서관도 공익 목적을 훌륭하게 수행하는 시설이다.

F1963

F1963은 비영리 목적 사업을 추구하는 사립도서관이다. 부산시 수영구에 위치한 이 도서관은 2016년에 개관했다. 놀라운 것은 이 도서관이 지난 45년간(1963~2008년) 와이어로프(강철 철사를 여러 겹 합쳐 꼬아 만든 밧줄)를 생산하던 공장이었다는 점이다.

이후 '2016 부산 비엔날레'의 전시장으로 활용됐던 것을 계기로 복합 문화 공간으로 개조됐다. 공장 형태를 유지하면서 문화 공간으로 재창조한 독특한 건물 양식은 2018년에 대한민국 공간문화대상 최우수상을 수상했다. 이 도서관이 내세우는 고유 목적은 세계의 건축, 음악, 미술, 사진에 대한 예술 자료를 소장한 '예술 전문 도서관'이다. 이 도서관은 보다 수준 높은 서비스를 유지하기 위해 10만 원의 연회비를 받는 회원제로 운영되고 있다. 연회비를 통한 수익은 전체 운영비에 비하면 미미한 수준이다. 대부분의 운영비는 설립자의 약 200억 원 출연금에 대한 자본 소득을 통해서 이루어진다. 그럼에도 회원제를 운영하는 이유는 도서관 이용자의 수요를 조정하기 위함이다. 일반적으로 무료로 도서관을

산업화 시대 와이어 공장을 개조해 만든 F1963 도서관의 전경(사진 제공=F1963)

개방하면, 모든 사람이 자유롭게 이용하게 되므로 혼잡하기도 하고, 도서관 서비스 수준이 떨어질 가능성이 높다. 그러나 예술 전문 서비스로 특화시키고 회원제로 운영하게 되면, 이 같은 도서관 서비스의 가치를 아는 사람들만 회원이 된다. 그렇게 되면 서비스를 일정 수준으로 유지하면서, 도서관을 필요로 하는 이용자들이 사용할 수 있다. 유료 회원제는 돈을 벌기 위해서도 필요하지만, 돈 버는 것과는 관계없이 수요를 일정 수준으로 유지하기 위한 수단으로도 활용

가능하다. 무료가 되면, 그 재화 및 서비스의 가치는 제로가 되기 쉽다. 소중한 서비스 가치를 알지 못하는 사람들이 무료이기 때문에 낭비하는 현상이 나타나기 때문이다. 그로 인해 서비스 수준이 떨어져서 마침내 가치가 없어지는 현상이 일어나게 된다.

제3장

경제학으로 풀어보는 민주주의 본질과 도서관

“

공공도서관에 투자하는 것은 국가의 미래에 대한 투자다.

In my view, investing in public libraries is an investment in the nation’s future.

그대의 손에 쥐어진 공공도서관 입장 카드는,

인터넷 그리고 기회의 세계로의 접속 권한을 그대에게 준다.

With a public library card in your hand, you have access to the Internet and a world of opportunities.

오늘날 나를 있게 한 것은 동네의 공공도서관이었다.

”

- 빌 게이츠Bill Gates, 마이크로소프트 창업자 -

정치도 시장market이다

우리 국민 대다수의 뇌리 속에 '정치'는 나쁜 것으로 새겨져 있다. 정치인도 '나쁜 사람들'이라는 인식이 지배적일 것이다. 그래서 국민은 정치에 무관심과 조롱으로 반응하고, 정치권에 멀리 있는 사람일수록 존경하는 경향을 갖는다. 그러나 이것은 분명 문제다. 정치 불신 사회는 절대 발전할 수 없고, 오히려 퇴보를 면하기 어렵다. 중요한 의사 결정은 정치에서 이뤄진다. 우리가 매일 겪는 일상에서도 정치와 무관한 것이 없다. 평범한 국민의 삶 속에서 벌어지는 모든 일들이 정치의 결과물이다. 쓰레기 수거, 우체국 택배, 도로 공사, 가로등 설치, 주민 센터 운영. 모두 정치에 맞닿아 있다. 그래서 좋은 정치인을 뽑아야, 좋은 정치가 국민 삶에 전해지는 것이다. 좋은 정치가 좋은 생활을 가져온다.

도서관도 마찬가지다. 도서관도 정치에서 만든다. 좋은 정치인은 좋은 도서관을 만든다. 그래서 좋은 도서관을 가고 싶다면 좋은 정치인을 가져야 한다. 그래서 정치를 알아야 한다. 정치 과정을 알아야 하고, 정치가 실패할 수밖에 없는 한계를 알아야 한다. 그래야 그 실패를 교정할 수 있기 때문이다. 알아야 교정할 수 있다. 모르면 불신과 무관심에 빠지기 십상이고, 그것은 곧 나의 불편과 불만족으로 이어진다. 사회에는 미래가 실종된다.

정치란 무엇인가? 필자가 말하는 정치는 민주주의에서 출발한다. 민주주의에서는 유권자가 정치인을 직접 선택한다. 그렇기에 유권자의 권력은 절대적이며 동시에 최종적이다. 아무리 좋은 정치인이라고 해도, 유권자가 선택하지 않으면, 좋은 정치인이 될 수 없다. 애초에 정치인 자체가 될 수 없으니 말이다. 그래서 유권자의 선택권이 그 나라의 민주주의 정치 수준을 결정한다. 유권자는 여러 정치 후보자 중에서 한 명의 정치인을 선택하고, 정치 지망생들은 유권자의 선택을 받기 위해서 어떤 일도 마다하지 않는다. 이는 경제 시장에서 소비자와 공급자 간의 관계와 똑같다. 선택받지 못한 기업은 도산한다. 그래서 경제학에서 정립된 경제 시장의 논리를 정치에도 적용할 수 있다. 그렇기에 '정치 시장'이란 개념이 만들어진다.

우리는 대체적으로 정치를 불신한다. 이는 결국 정치 시장이 제대로 작동하지 않는다는 말이다. 경제 시장이 제대로 작동하지 않을 때, 우린 '시장 실패'라고 한다. 마찬가지로 정치 시장이 제대로 작동하지 않기에 국민들이 정치를 불신하는 것이다. 즉 '정치 시장 실패' 혹은 '정치 실패'다. 정치 실패는 구조적인 문제이고, 교정하기도 힘들다. 그래서 일단 정치 시장의 구조를 알아야 한다. 그래야 미래가 있다.

대의 민주주의가 정치 시장을 만든다

민주주의는 국민이 주인이 돼 스스로 다스리는 정치 제도를 의미한다. 특히 '직접 민주주의'는 가장 이상적인 형태의 정치 제도이지만, 현실적으로 적용되기 불가능하다. 그 이유는 두 가지다.

첫째, 모든 국민이 특정한 의사 결정에 참여할 경우, 매우 많은 비용이 발생한다. 모든 사람이 모든 사안에 대해 투표를 한다고 생각해보자. 의사 결정을 해야 할 안건이 있을 때마다, 얼마나 많은 비용이 들지 쉽게 상상할 수 있다.

둘째, 국민은 전문가가 아니다. 합리적인 의사 결정을 하기 위해서는 전문 지식이 필요한 경우가 대부분이다. 그러나 모든 국민이 모든 분야의 전문 지식을 갖추는 것은 불가능하다. 그래서 각 분야의 전문가들이 존재하는 것이다. 이런 두 가지 이유로 인해 직접 민주주의를 실현할 수 없고, 실현한 국가도 역사적으로 존재하지 않았다.

직접 민주주의의 대안은 간접적인 민주주의, 혹은 '대의 민주주의'다. 국민이 대표자를 뽑아, 소수의 대표자가 국민의 뜻에 따라 정치를 펴는 제도다. 오늘날 민주주의를 표방하는 모든 국가는 간접 민주주의를 채택하고 있다. 간접 민주주의 핵심은 국민의 대표자를 뽑는 것이다. 국민의 뜻을 정치로 풀어나가는 대표자가 있을 경우에는 '간접 민주주의=직접 민주주의'가 된다. 그렇지 않으면 간접 민주주의는 국민의 뜻과 괴리가 생겨 정치가 국민으로부터 멀어진다.

간접 민주주의하에선 국민 혹은 지역민의 대표자가 되려는 사람이 많다. 이런 사람을 통상 '정치인'이라고 칭한다. 정치인은 국회 의원, 지방 자치 단체장, 지방 의원 등을 목표로 정치 활동하는 사람들을 의미한다. 정치인의 숫자는 실제로 정치를 할 수 있는 자리 수에 비해 월등히 많다. 그래서 정치인들 사이에서는 경쟁이 발생한다. 경쟁은 주로 정책을 통해 이루어진다. 특정 지역에 특정 시설을 설치하겠다거나, 복지를 늘리겠다는 등 정책을 통해 유권자들의 평가를 받는다. 따라서 정치인은 정책 상품을 개발하는 사람들이다. 이는 마치 기업인이 소비자에게 좋은 상품을 개발하려는 동기와 같다. 기업인에게 경제 상품이나, 정치인에게 정책 상품은 성격상 똑같다. 경제 상품은 소비자에게서 평가받고, 정책 상품은 유권자에게서 평가받는다. 그래서 경제계에서 기업처럼, 정치계에선 정치인이 상품의 공급자이다.

경제 상품이 거래되는 추상적인 장을 '시장'이라고 한다. 경제 상품은 경제 시장에서 거래된다. 같은 논리로 정책 상품은 정치 시장에서 거래된다. 정치 시장에서 공급자는 정치인이고, 소비자는 유권자다. 이처럼 정치 시장에서도 경제 시장처럼 공급과 수요의 관점에서 생각해볼 수 있다. 이런 경제적 관점에서 정치 시장을 해석하면, 정치 현상을 비교적 논리적으로 이해할 수 있는 장점이 있다. 정치인은 항상 공익과 국가와 민족을 위해서 일하겠다고 떠벌린다. 국민도 애국심이 강하고, 도덕적으로 흠이 없는 사람이 정치를 해야 한다고 믿는다. 이러한 생각과 믿음은 매일 정치권에서 일어나는 많은 현상들을 논리적으로 이해하기 어렵게 만든다. 그래서 정치에 대한 불신이 생긴다. 규범적으로 정직하고 도덕적인 사람이 정치를 해야 하지만, 실제로는 수준 이하의 정치인이 양산되는 현실을 보고, 정치가 썩었다고 불신하고 외면한다. 그러나 정치를 보는 시각을 경제 관점으로 바꿔보면 정치권에서 일어나는 많은 이상한 현상들을 쉽게 이해할 수 있다.

국민의 정치 무관심, 다 이유가 있다

정치인은 유권자들이 좋아하는 정책 상품을 제시한다. 그리고 유권자는 어떤 정치인이 가장 우수하고 자질이 있는지, 그리고 어떤 정치인이 좋은 정책을 제시하는지 꼼꼼히 비교한다. 만약 좋은 정치인을 선택하면, 좋은 정치가 된다. 그러나 현실은 그렇지 않다. 일반 국민의 평균에도 못 미치는 사람이 선거에서 이기는 결과를 많이 볼 수 있다. 정치 시장이 제대로 작동하지 않기 때문이다. 그럼 왜 제대로 작동하지 않은 것일까? 일반적으로 유권자들은 정치인에 대해 관심이 없다. 이는 유권자들의 소양이 부족해서가 아니다.

선거철이 되면 출마자들의 신상에 대한 정보와 학력, 경력, 공약을 담은 자료를 유권자들은 제공받는다. 그러나 유권자들은 자세히 살펴보지 않고 대부분 관심이 없는 편에 속한다. 이런 유권자들이 나쁜 것인가? 결코 아니다. 뛰어난 학식과 인격을 가진 이들도 그런 모습을 보이기 마련이다. 왜냐하면 인간은 모두 경제적 유인에 따라 행동하기 때문이다. 경제적으로 조금의 이익이라도 있다면 인간은 자연스럽게 그 방향대로 움직인다. 그러나 경제적 부담이 있다면 회피하기 마련이다. 이것이 인간의 본질이다.

고가의 전자 제품을 산다고 가정해보자. 당연히 소비자들은 어떤 물건을 사야 할 것인지 고민한다. 가까운 지인에게도 물어보고 인터넷 사이트에 있는 리뷰도 살펴보고, 최근에는 '내돈내산(내 돈 주고 내가 산의 줄임말)' 후기도 즐겨보게 된다. 제품 설명서도 한 번 더 살펴보게 되고 혹시나 가짜 광고는 아닌지 의심도 해본다. 그렇게 최종적인 선택을 내린다. 너무나 당연한 과정이다. 혹여 잘못된 제품을 샀을 때 그 피해를 모두 본인이 짊어져야 하며, 고가의 물건일수록 그 피해가 크기 때문이다. 그래서 더 많은 시간과 에너지를 투자하는 것이다.

선거 때 유권자는 여러 정치 후보자들 중에서 한 명을 선택해야 한다. 선택이란 측면에서 경제 상품과 같다. 마트에서 물건을 고르는 것과 크게 다르지 않다. 경제상품을 선택할 때는 많은 시간을 보내면서 고심한 후에 선택하는데, 정치 상품을 선택할 때는 그만큼 고심하지 않는다. 그냥 특정 정당을 보고 뽑기도 하고, 학연 및 지연을 보고 뽑는 경우도 허다하다. 한 명의 정치 후보자를 선택하기 위해 그다지 심각하게 생각하지 않고 비교하지도 않는다. 즉흥적인 감상으로 뽑는 경우도 많다. 공익 광고에서 유권자의 선택이 중요하다고 광고해도, 사람들은 귀담아 듣지 않는다.

유권자들이 나쁘거나 부족해서가 아니다. 아무리 잘못된 정치인이 뽑혀도, 그에 따른 경제적 손해를 본인만이 전적으로 부담하지 않기 때문이다. 실제로 선거에서 당선된 정치인이 정책을 입안하면, 그 정책 방향에 따라 국가 경제에 지대한 영향을 끼친다. 우매한 정치인은 국가를 망칠 수 있다. 그러나 아무리 잘못된 정책을 편다고 해도, 그 손해는 국민 모두가 부담하게 되지 절대 유권자 혼자서 부담하지 않는다. 그래서 유권자가 선거 때마다 정치 후보자에 관심이 없는 것은 경제적으로 합리적인 행동이다. 즉, 정치 시장은 유권자의 무관심이 합리적인 선택이므로, 본질적으로 정상적으로 작동할 수 없다. 그래서 경제 시장보다 정치 시장이 상대적으로 열등할 수밖에 없는 이유다.

그래서 정치 한번 해보겠다는 사람이 많은 것이다

선거 때마다 유권자들이 후보자를 세밀하게 비교해 선택한다면, 아무리 많은 후보자가 출마해도 문제가 발생하지 않는다. 수준 이하의 후보자는 선거에서 패하게 되고, 이런 정치인은 자연스럽게 정치 시장에서 퇴출되기 때문이다. 그러나 앞서 설명했듯, 유권자의 '합리적 무관심'에 따라 정치를 하려는 사람이 많이 몰리게 되는 것이다. 쉽게 이야기해서, 선거 기간 동안에만 선한 정치인으로 포장된다면 당선될 가능성이 높다. 실제로 우리 주위에서 그런 정치인을 많이 볼 수 있다. 정치 영역에서 경쟁이 제대로 작동하면, 수준 이하의 정치인은 도태할 수밖에 없다. 이럴 때 정치 시장이 제대로 작동한다고 이야기한다. 좋은 정치인만이 경쟁에서 살아남고, 나쁜 정치인은 도태하는 정치 시장은 좋은 시장이다. 그러나 이런 좋은 시장이 작동하지 않아서, 좋은 정치인이 도태되고 나쁜 정치인이 선택되면 정치 시장에 문제가 있다. 이런 정치는 국민들로부터 불신을 받을 수밖에 없다. 자유롭게 정치인들이 경쟁하는 정치 시장에서 좋은 정치인만이 살아남는 기능이 작동하지 않는다면, 제도적으로 이를 교정해야 한다. 그래야 정치에 대한 불신을 해소할 수 있다.

대부분의 전문 영역에는 자격증 제도가 있다. 몸이 아플 경우에는 병원에 가며, 의사가 병을 고쳐준다. 만약 누구나 의사 행세를 할 수 있다면, 돌팔이 의사가 나올 수밖에 없다. 그러나 의사 면허 제도가 있기 때문에 일정 수준의 의료 지식을 갖춘 사람만이 의술을 행할 수 있다. 이는 의료 소비자를 보호하기 위한 제도다. 변호사도 마찬가지다. 법적인 보호를 받기 위해 우리는 변호사에게 사건을 의뢰한다. 법에 대한 지식을 갖추지 않는 변호사로부터 피해를 받지 않도록 하기 위해 로스쿨 제도와 변호사 시험을 운영하고 있는 것이다. 마찬가지로 법률 시장의 소비자를 보호하기 위한 제도다.

정치도 마찬가지다. 잘못된 정책은 모두 국민의 부담으로 간다. 결국 국민 모두가 나쁜 정책의 피해자다. 그래서 정책을 만드는 정치인은 일정 수준의 상식과 지식을 갖춘 사람만이 정치인이 되는 제도적 장치가 필요하다. 쉽게 생각하면, 정치인 면허증과 같은 것이지만, 이런 면허 제도를 시행하는 국가는 없다. 정당 차원에서 기본 소양과 지식을 갖춘 정치인들이 공천을 받게 내부적으로 정제하는 제도가 있어야 한다. 그러나 정당에는 이런 제도가 존재하지 않는다. 또 내부 공천 과정에서도 학연과 지연 등 편파적인 방식으로 공천자가 결정되면, 나쁜 정치인이 나올 수밖에 없다.

구매도, 환불도, 4년에 한 번씩… 정치 시장은 자주 열리지 않는다

경제 시장에서 소비자는 상품을 매시간 혹은 매일 구입한다. 이는 소비자가 항상 공급자의 상품을 심판함을 의미한다. 소비자는 좋은 상품을 구입함으로써, 그 상품을 생산한 기업에 이윤이라는 상을 준다. 반면 나쁜 상품은 구입하지 않는 행위로 해당 기업에 손실이라는 벌을 준다. 그래서 상품의 공급자인 기업은 매 순간 소비자의 심판을 받기 위해 대기하는 수험생과 같다. 기업가가 매일매일 소비자의 마음을 얻기 위해 피나는 노력을 할 수밖에 없는 이유다. 그러나 기업이 끊임없는 노력을 하는 이유는 소비자를 위해서가 아닌, 자신의 기업을 지키기 위해서다. 특정 상품의 판매가 성공했다고 해도, 어떤 한 순간의 치명적인 실수로 갑자기 무너질 수도 있는 게 경제 시장이다. 소비자는 상품을 선택할 때, 생산 기업의 회장 혹은 사장이 본인과 학연 혹은 지연 관계가 있는지 보지 않는다. 오로지 상품의 질과 가격을 놓고 상품을 선택한다. 그래서 소비자의 선택은 어떤 학연과 지연이 작동하지 않는 현명한 심판자의 역할을 한다. 경제 시장은 매순간 소비자의 선택이라는 힘이 작동하는 역동적인 현장이다.

정치 시장에서 유권자는 정치 후보자 중에서 마음에 드는 후보자를 한 명 선택해야 한다. 그런데 그 선택은 4년에 한 번씩밖에 못 한다. 4년에 한 번 치러지는 국회 의원 선거와 지방선거에서 선택권을 행사하는 것이다. 대통령 선거는 5년에 한 번씩이다. 경제 시장에서의 경쟁은 매 순간 진행되는 반면, 정치 시장은 4년에 한 번 열리므로, 잘못된 정치 후보자를 선택해도 바로 교정할 수 없다. 보궐 선거라는 제도가 있지만, 어마어마한 비용을 치러야 하고 그마저도 여의치 않으면 또 다시 4년을 기다려야 한다. 정치인 입장에서도 선거 기간 동안 수단과 방법을 가리지 않고 스스로를 좋은 정치인으로 포장해 성공한다면, 당선이 된 이후의 4년 동안 유권자의 심판을 피할 수 있다. 그래서 선거 기간 동안 과대 포장, 거짓 포장 등의 행위가 보편적으로 일어나지만, 이후에 이를 교정할 제도적 장치가 없다. 이로 인해 우리의 정치 시장은 낙후될 수밖에 없고, 이런 제도적 문제로 인해 국민들은 정치 불신을 갖게 된다.

1등만 살아남는 정치 시장, '승자 독식'의 세계

경제 시장이나 정치 시장에서 공급자들의 경쟁은 치열하다. 그렇다면 어느 시장에서의 경쟁이 더 가혹할까? 필자는 정치 시장에서의 경쟁이 더 가혹하고, 치열하다고 보고 있다. 경제 시장에서는 매 순간 기업들 간의 경쟁이 이루어지고 있지만, 경쟁의 결과를 일정 부분 나눠 갖는다. 예를 들어, 1등을 한 기업이 전체 시장의 60%를 차지했다면, 2등을 한 기업은 30%를, 나머지 기업들이 10% 지분을 나누어 가질 수 있다. 지분이 작더라도, 일정 부분 시장에서 생존할 수 있고, 좀 더 높은 지분을 위해 노력할 여지도 존재한다. 그러나 정치 시장에서는 1등만 살아남는다. 예를 들어, A후보자가 득표율 51%의 표를 받고, B후보자가 49%의 표를 받았다고 하자. 이때 A후보자는 전체 권력을 차지하게 되지만, B후보자는 아무런 권력을 가질 수 없다. 선거에서 지면 끝인 것이다. 다시 말해 정치 시장은 1등만이 전체를 가질 수 있는 독점 시장이다. 아무리 근소한 차이로 졌거나 이겼더라도 그 차이는 중요하지 않다. 오로지 1등만 존재하는 시장이다. 그래서 정치 시장이 경제 시장보다 가혹하다. 다만 이는 정치 시장의 특징일 뿐, 정치 시장을 나쁘다고 할 수는 없다.

"독점은 사실 소비자가 만드는 것이다"

우리는 경제 시장에 관한 한, 독점에 대해 가혹할 정도로 비판을 한다. 경쟁 결과에 따라 일정 지분의 점유가 인정됨에도 불구하고, 독점의 가능성에 대해서는 매우 비판적이다. '독점기업=악덕기업'이란 인식이 보편적으로 깔려 있다.

이런 인식은 '독점은 독점 기업이 만든다'는 잘못된 생각에 기인한다. 독점은 독점 기업이 만드는 게 아니고, 사실 소비자가 만든다. 즉 모든 소비자가 한 기업의 상품만을 구매할 때, 경쟁의 결과로 그 기업은 독점 기업이 되는 것이다. 본인이 만약 기업인이 된다고 가정하고, 솔직한 질문을 던져보자. 과연 기업가인 나는 독점이 싫을까? 사실 기업의 궁극적인 목표이자 꿈은 독점의 달성이다. 모든 소비자로부터 선택받는다는 것은 기업가에게 환상적인 일이다. 그러나 공정한 경쟁이 작동하는 시장에서 모든 소비자의 선택을 받는다는 것은 어렵다. 그럼에도 불구하고 독점에 성공했다면, 우리는 그 기업의 실력 만큼은 인정해야 한다. 모든 소비자를 만족시켰다는 것은 대단한 것이기 때문이다.

하지만 우리는 대개 독점 기업을 악덕 기업으로 치부한다. 모든 것을 독차지한다는 시각에서 그런 것이다. 하지만 독점은 특정 시점의 개념일 뿐이다. 경쟁이 지속적으로 작동하는 시장에서 독점 상태를 계속 유지한다는 것은 불가능한 일이다. 늘 새로운 경쟁자가 더 혁신적인 제품과 서비스를 들고 등장하기 때문이다. 정부의 강압적 정책이나 비합리적인 규제로 인해 독점이 유지되는 경우도 있다. 경쟁을 차단해서 얻은 결과로서의 독점은 비판받아야 하며 당연히 해체시켜야 할 대상이다. 반면, 공정한 경쟁 속에서도 독점에 성공했다면 그 독점에 대해서는 무조건적인 도덕적 비난을 할 명분이 없다.

그러나 사람들은 독점이라는 용어 자체를 거부한다. 하지만 우리 삶은 여러 독점에 의해 구성되어 있기도 하다. 결혼이야말로 가장 대표적인 '사랑의 독점'이다. 결혼이라는 제도 자체가 배우자에 대한 독점 권리를 법적으로 인정하는 것이다. 그래서 과거에는 '간통죄'라는 것이 존재하기도 했다. 지금도 혼인 관계 파탄에 대한 책임을 묻는다. 독점 권한을 침해한 것에 대해 불이익을 주는 것이다.

그런 만큼 우리는 독점을 두 가지로 나누어 판단해야 한다. 경쟁 속에서의 독점과 경쟁이 없는 독점이다. 경쟁이 존재하는 곳에서 벌어진 독점에 대해서는 적어도 경쟁 없는 곳에서의 독점과 같은 잣대를 들이대선 안 된다. 경쟁이 제약된 결과 독점이 벌어졌다면, 경쟁을 제한시킨 그 원인을 찾아내고 제거해야 한다.

정치인은 무엇으로 경쟁하는가?

정치 후보자는 선거에서 반드시 1등을 해야 한다. 1등만이 살아남을 수 있기 때문이다. 이는 경쟁이 치열하다는 말이다. 그렇다면 정치 후보자는 무엇으로 경쟁을 할까? 먼저 유권자의 선택을 받을 혁신적인 정치 상품을 제시해야 한다. 모든 정치인의 고심 방향은 비슷하다. 어떻게 하면 유권자들의 선택을 받을 것인가? 문제는 '어떻게?'이다. 여기서 정치인의 역량과 수준이 나타난다. 과거 민주주의 초기 단계에서는 선거 때마다 막걸리와 고무신이 주된 정치 상품이었다. 지금으로선 도저히 상상할 수 없는 정치 상품이지만, 그 당시에는 정치 상품으로 막걸리와 고무신을 제공하는 것이 효과적인 전략이었다. 그러나 시대가 변하면서 유권자들의 마음과 수준은 바뀌기 마련이다.

요사이엔 선거판에서 복지 상품이 경쟁적으로 개발되고 있다. '보편적 복지'와 '선택적 복지'라는 정책 방향을 두고 경쟁을 하는 것도 마찬가지다. 어떤 상품이 더 효과적이었는지는 정확한 분석이 있어야 하므로 아직 단언하긴 어렵다. 그러나 일반적으로 모든 정당에서 복지 관련 상품을 개발하고 있는 것을 보면, 비교적 효과가 있는 상품이었음을 간접적으로 알 수 있다. 일반적으로 복지는 국가 전체를 대상으로 적용되는 정책이므로 대선에서 경쟁 상품으로 제시될 수 있다. 그러나 지역 유권자들을 대상으로 경쟁할 때는 지역에 특화된 정치 상품으로 경쟁해야 한다. 지역 관련 공약으로 많이 나오는 상품은 도로, 교량 등의 건설이다. 주민들이 직접적으로 영향을 받는 만큼, 효과적인 전략이라고 평가할 수 있다.

경제 시장에서 경쟁에서 이기기 위해선 상대 기업 상품에 존재하지 않는 특징을 가진 상품을 개발해야 한다. 모든 기업이 똑같은 상품을 판매하게 되면, 아무런 비교 우위가 없기 때문에 경쟁에서 이기지 못한다. 정치 시장도 마찬가지다. 아무리 효과적인 정책 공약이라고 해도, 경쟁 정치인들이 모두 제시하는 정치 상품이라면, 유권자의 선택을 받지 못한다. 자신만이 펼칠 수 있는 독특한 정치 상품을 제시해야 한다. 그러므로 정치인의 생명은 어떤 독특한 정책 상품을 개발하느냐에 달려 있다.

기업인은 소비자의 마음을 사로잡는 상품 개발에 목을 맨다. 실패하면 경제적으로 파산하기 때문이다. 똑같은 논리로 정치인은 유권자의 마음을 사로잡는 정치 상품 개발에 목을 맨다. 실패하면 정치 생명이 끝이기 때문이다. 성공한 기업가에겐 소비자 마음을 사로잡는 '기업가 정신'이 있다. 이는 유전자적 재능일 수도 있고, 후천적으로 개발한 재능일 수도 있다. 어찌 됐건 성공한 기업인에게는 독특한 기업가 정신이 있다. 그리고 이 정신을 바탕으로 기존의 상품에 혁신을 담아 소비자 마음을 사로잡는 새로운 상품을 개발한다. 정치인도 마찬가지다. 성공한 정치인은 '정치가 정신'이 있고, 이 정신을 바탕으로 정치 혁신을 이야기하고, 새로운 정치 상품을 제시한다. 구체적으로 그 정치 상품이 무엇인지는 보편적인 논리로 설명할 수 없다. 이론과 논리로 그 정치가 정신과 정치 상품이 설명 가능하면, 누구든지 연구해서 성공할 수 있다. 그러나 이런 정치가 정신은 논리와 이론이 아닌, 설명할 수 없는 감각적인 지식으로 이루어지는 경우가 많다. 이를 정치적 감각이라고 표현할 수도 있겠다. 어쨌든 미지의 영역으로 정치인이 풀어내야 할 정치적 화두라고 할 수 있다.

점점 뜨거워지는 '도서관 경쟁'

선출된 정치인이 지역 유권자에게 제공할 수 있는 서비스는 무수히 많다. 그중에서 가장 지역민의 마음을 효과적으로 잡을 수 있는 정치 상품 중의 하나가 '공공도서관'이다. 지금까지 공공도서관은 독서실과 유사한 개념으로서 조용히 책을 보는 공간으로 보는 시각이 일반적이었다. 그러나 공공도서관의 기존 개념을 깨고 혁신적 공간 창조를 한다면, 지역 유권자들에게 지지를 받을 수 있을 것이다. 현재 공공도서관에선 혁신적 공간 개혁이 일어나고 있다. 지역 특징에 맞추어 공공도서관의 성격이 '복합 문화 단지'로서의 공간으로 번모 중이다. 이는 민주주의 체제하에서 자연스럽게 정치인의 혁신 정신을 이끌어낸 긍정의 변화다. 어린이가 많은 지역엔 어린이를 위한 공간과 시설, 어린이 도서관이 특화된 공공도서관으로 변모하고, 청소년이 많은 지역엔 청소년을 위한 문화 공간으로 변화하고 있다.

중앙 정부는 전국적으로 획일적 서비스를 제공하지만, 지방 자치 제도의 장점은 지방 특성을 고려한 서비스를 탄력적으로 제공할 수 있다는 것이다. 지방 자치 제도하에서 지역에 특화된 공공도서관의 건립 경쟁이 시작됐다. 지역 유권자의 표를 이끌어내는 데 공공도서관이 효과적인 정책 상품이라는 공감대가 점차로 확산되고 있다. 이는 정치인들 간에 공공도서관 건립 경쟁을 가속화시킴을 의미한다. 이는 정치인 관점에서 좋은 정치 전략이기도 하지만, 지역민의 공익을 증진시키는 좋은 현상이다. 이제 공공도서관 경쟁은 양적인 팽창 경쟁이 아니고, 질적인 경쟁으로 나가고 있다. 질적 경쟁이란, 도서관에 대한 기존 개념을 깨고 어떻게 지역민의 수요에 맞는 새로운 복합 문화 시설로서 도서관을 창조해나가느냐의 경쟁이다. 혁신은 수량에서 일어나는 게 아니고, 어떤 철학으로 지역민의 수요를 혁신적 공간으로 창조해내느냐에 달려 있다.

도서관이 발달할수록 도서관은 사라지고 있다?

도서관은 '책을 보관하는 장소'라는 개념에서 출발했다. 문자로 이루어진 책에는 '사상'이 담겨 있다. 그래서인지 동서양을 막론하고, 도서관은 소수의 지배 계층을 위해 존재했다. 왕족이나 귀족만 도서관에서 책을 읽을 수 있었다. 그들은 책을 통해 백성을 통치하기 위한 사상과 지혜를 얻었다. 조선 시대도 마찬가지였다. 조선 시대에는 백성을 위한 도서관이 존재하지 않았다. 책을 구입해 읽을 수 있는 서점 역시 있을 리 만무했다. 백성들이 생각할 수 있는 수단을 원천적으로 차단한 것이다.

왕이 다스리는 국가에서 국민이 주인인 국가로 바뀌면서 도서관에도 변화가 생겼다. 국민들도 도서관을 이용할 수 있게 된 것이다. 민주 제도가 발전함에 따라 국민 주권에 대한 각성의 목소리가 나오기 시작했고, 책을 보려는 욕구도 늘어났다. 이런 수요에 맞춰 국민들이 자유롭게 이용하는 공공도서관의 숫자와 서비스 수준이 높아졌다. 공공도서관은 2007년까지만 해도 584개에 불과했지만, 2020년에는 약

1,100여 개로 늘었다. 두 배가량 증가한 수치다. 어쩌면 민주 제도의 성숙도는 공공도서관의 숫자를 통해서도 표현할 수 있을 것이다.

공공도서관에 대한 수요는 양적 측면뿐 아니라 질적 측면에서도 변하고 있다. 이는 우리의 민주 제도가 다양하게 발전하고 있음을 의미한다. 이제 도서관은 책을 소장하고 있는 장소의 개념에서, 이용자가 즐길 수 있는 복합 문화 장소로 변모하고 있다. 과거에는 조용한 분위기에서 곧은 자세와 경건한 마음으로 책을 보는 것이 정형화되어 있었다. 하지만 사람이라면 누구나 무언가를 먹고 마시면서 책을 보고 싶을 때가 있다. 때론 엎드리거나 누워서 책을 읽고 싶기도 하다. 독서는 혼자서 마음대로 즐길 수 있는 행위이기 때문이다. 동시에 인간은 타인과 이야기하고 교류하고 싶어 한다. 이러한 인간의 복잡한 본성을 도서관이 만족시켜줄 순 없을까?

정치의 본질은 국민들이 원하는 것을 제공하는 데 있다. 그래서 우리 민주 정치의 발전과 함께 도서관에도 변화가 일어나고 있다. 단지 책을 읽는 공간이라는 단순한 개념에서 미술관, 박물관, 음악관, 영화관의 기능이 추가된 도서관이 속속 등장하고 있다. 또한 도서관 안에서 빵, 피자, 파스타를 즐기는 레스토랑을 종종 볼 수 있다. 화장실에서 아름다운 음악이 흘러나오는 도서관도 있다. 정적인 것이 당연했던 도서관이 타인과 함께 먹고 마시며 대화할 수 있는 문화 공간이 된 것이다. 도서관의 이 같은 변화는 우리나라뿐 아니라 전 세계적인 현상이다. 프랑스의 퐁비두 센터는 '도서관 + 미술관 + 영화관'으로 이루어져 있다. 네덜란드 중앙도서관과 일본 센다이에 있는 도서관은 '도서관 + 미술관 + 음악관'의 기능을 갖추고 있고, 영국 도서관은 '도서관 + 박물관 + 기록원'을 겸하고 있다.

국민들이 원하는 것이 변하면 민주 제도하에서 도서관도 변하게 된다. 가장 대표적인 것이 '도서관'이라는 용어의 변화다. 도서관의 기능이 가장 중요한 곳은 대학이다. 과거의 대학 도서관은 책을 빌려보고 학문을 연마하는 장소에 불과했다. 그러나 지금은 대학 도서관이 정보의 개념으로 바뀌고 있다. 연세대, 중앙대, 한양대에서는 이미 도서관을 '학술정보원'이라고 부른다. 성균관대에서는 '학술정보관'이라고 한다. 도서관 관련 학문을 지칭하는 학과 이름도 진화했다. '도서관학과'에서 출발했지만 '문헌정보학과'로 바뀌었고, 이제는 '정보과학과', '데이터 사이언스학과', '빅데이터학과'로 바뀌는 추세다. 세상은 변하고, 인간도 변하고 있다. 여기에 맞추어 도서관 또한 이름뿐 아니라 형태와 기능이 바뀌고 있다. 먼 훗날 도서관이라는 개념은 고어사전에서나 찾아볼 수 있는 옛것이 되어 있을지도 모른다. 도서관의 미래에 대해 하나씩 상상해본다. '미술관 + 음악관 + 영화관 + 박물관 + 공연장 + 카페 + 주민 센터'를 겸하고 있을 이 같은 장소를 어떤 이름으로 부르게 될지 궁금하다.

이러한 도서관의 변화가 일어나는 근본 원인은 정치 시장이 작동하기 때문이다. 유권자들이 원하는 도서관으로 경쟁하는 정치 시장으로 인해, 결과적으로 도서관 개념에서 복합 문화 시설로 혁신하고 있다. 이런 관점에서 우리의 정치 시장에 대해서 한 줄기 희망을 본다.

제4장

좋은 도서관의 공통 코드:

철학과 개성

“

도서관을 뒤져보면 그곳이 온통

파묻어 놓은 보물로 가득 차 있음을 알게 된다.

I ransack public libraries and find them full of sunk treasure.

”

- 버지니아 울프Adeline Virginia Woolf, 영국 작가 -

우리 주변에 좋은 도서관이 많아지고 있는 이유는?

국회도서관장으로 재직하고 있는 필자는 운이 좋게도 전국의 많은 도서관을 견학할 수 있었다. 다양한 형태의 공공도서관을 보면서 하나의 변화 흐름을 느꼈다. 최근에 개관한 공공도서관은 기존의 도서관 개념을 파괴한 새로운 형태로 창조되고 있었다. 기존의 공공도서관이 책이 빼곡히 꽂힌 서가 속에서 혼자 조용히 공부하는 독서실 분위기였다면, 최근 개관한 공공도서관은 기존의 도서관 개념을 파괴하고, 새로운 공간으로 변모하고 있었다. 흔히 도서관이라고 하면 조용해야 한다는 편견이 있지만, 자유롭게 이야기를 하고 차를 마시며 담소할 수 있는 공간으로 바뀌고 있었다. 요사이 청년들은 책을 읽기보다는 음악과 춤을 즐기거나, 유튜브를 보는 것을 좋아한다. 지금까지의 도서관은 공부하기 싫어하는 젊은이들을 잘 이끌어 차분히 공부하는 청년으로 교화시키는 것이 목표인 듯한 분위기가 강했다. 그러나 이제는 공공도서관이 청년들이 마음껏 활동할 수 있는 공간으로 바뀌고 있다. 하고 싶은 걸 마음껏 할 수 있는 자유 공간으로 도서관 공간을 창조하고 있는 것이다. 책을 보는 열람 공간에서 음악이 흘러나올 뿐 아니라, 시끄러운 도서관, 책 없는 도서관 등 기존 개념이 파괴되고 있었다.

이런 공공도서관의 변화를 보면서 필자는 의문을 가졌다. 왜 최근에 와서 기존 개념이 파괴되고 새로운 창조 현상이 생겨나고 있을까? 필자에게 감동을 준 공공도서관들을 보면, 한 가지 유사한 공통점이 있었다. 바로 정치였다. 지역의 공공도서관 정책의 대부분은 그 지역의 정치인이 결정한다. 그 정치인은 구청장일 수도 있고, 시장일 수도 있고, 도지사일 수도 있다. 또 해당 지역구 국회 의원일 수도 있다. 지역에 기반을 둔 정치인이 지역 공공도서관 건립에 지대한 역할을 하고 있었다. 창의적인 공공도서관이 있는 곳에는 창의적인 정치인이 뒤에 있었던 것이다. 공공도서관에 대한 생각이 깊고, 철학이 있는 정치인이 창의적 도서관을 만들어냈다. 물론 항상 그렇다는 의미는 아니고, 대체로 그런 경향을 느낄 수 있었다. 이런 현장의 경험을 통해, 새로운 공공도서관 개념의 창조 현상을 앞 장에서 소개한 '정치 시장의 구조'로 설명할 수 있겠다는 확신을 갖게 됐다. 정치인은 공익을 위해 일한다는 명분을 갖고 있지만, 실제로는 사익을 위해 일한다. 정치인에게 사익이란 선거에서 이기는 것이다. 정치를 하려면 이것보다 중요한 것이 없다. 따라서 선거에서 이기기 위해선 많은 생각과 전략을 구사해야 한다. 여기에서 필자는 가장 효과적인 정책 상품 중 하나가 공공도서관 건립이 될 수 있겠다는 추론을 끌어냈다. 애덤 스미스는 시장 경제 원리를 설명하는 과정에서 개인의 사익과 공익을 일치시키는 생각의 틀을 정립했다. 이는 실로 획기적인 생각의 혁명이었다. 마치 태양이 지구의 주위를 돈다는 천동설을 지구가 태양 주변을 돈다는 지동설로 바꾸는 것과 같은 생각의 전환이다. 사회 구성원들이 탐욕스럽기만 하다면 그 사회는 야만 사회가 되어야 하지만, 세상은 점점 질서 있는 문명사회로 발전하고 있다. 애덤 스미스는 개인이 사익을 위해 열심히 일하면, 그로 인해 공익이 증대하는 사회 원리가 시장 경제라고 강조한다. 이 같은 보이지 않는 질서로 인해 사회가 안정되고 발전할 수 있다는 것이다. 정치 시장도 마찬가지다. 신박한 공공도서관을 구상해낸 정치인의 결정 역시 선거에서 이기기 위한 전략 중 하나였을 것이다. 그리고 이 같은 사익 추구가 해당 지역 주민들의 공익 증대로 이어졌다. 정치 시장에서도 '사익=공익'이라는 애덤 스미스의 경제 원리가 적용될 수 있다. 그런 정치 시장은 효율적이며, 바람직한 방향이다.

우리는 정치를 불신한다. 그래서 정치인을 외면하고, 정치에서 멀어지는 사람을 현자라고 평가한다. 그렇게 정치를 회피하는 사회가 되면 그 사회는 절대 발전할 수 없다. 정치 냉소는 곧 사회의 퇴보다. 정치에 대한 관심을 높이고, 우리의 정치 시장이 제대로 작동하도록 해야 미래가 있다. 그런 의미에서 새로운 공간이 창조되고 있는 최근의 공공도서관 현상은 우리 정치 시장의 밝은 면으로 해석할 수 있다. 여기에 소개하는 공공도서관은 필자가 다닌 도서관 중 감동과 의미를 준 공공도서관이다. 물론 필자가 모든 도서관을 견학하지 않았기에 여기에 없는 도서관도 좋은 도서관이 존재할 것이다. 때문에 이 책에서 소개한 공공도서관만 좋다는 의미는 아니다. 이 같은 오해가 있을 수 있음에도 불구하고, 소개를 하는 이유는 한 가지다. 모든 정치인은 좋은 정치인이 되고 싶어 한다. 좋은 정치인이 되려면, 선거에서 이기는 것이 우선이다. 어떻게 하면 선거에서 이기고, 좋은 정치인이 될 수 있을 것인가? 공공도서관에 대한 시각을 넓히라고 조언하고 싶다. 지역구 주민들에게 꼭 필요한 형태의 공공도서관을 만들어보자. 어느 지역에서도 볼 수 없는 유일한 형태의 공공도서관을 창조해보라는 것이다. 이 책에서 소개하는 공공도서관의 사례를 통해 정치인이 공공도서관에 대한 창의적 감각을 깨우쳤으면 하는 것이 필자의 의도다.

국회도서관장의 마음을 움직인 도서관은?

우리가 도서관을 소개할 때 제일 먼저 알리는 정보는 소장하고 있는 장서의 숫자다. 다음으로 도서관 규모를 강조한다. 얼마나 넓은 도서관에 얼마나 많은 책을 소장하고 있는가를 비교 대상으로 삼는 것이다. 그러나 이는 중요하지 않다. 지역 도서관은 책을 소장하는 공간이 아니다. 소장하고 보존하는 게 특화된 도서관은 국회도서관과 국립 중앙 도서관이다. 국회도서관은 7백만 권 이상의 자료를 소장하고 있다. 하지만 지역 도서관은 달라야 한다. 장서 수나 도서관의 크기는 중요치 않다. 이 장에서 소개하는 지역 도서관은 지역 특색에 맞춘 철학 있는 도서관들이다. 꼭 건물이 좋아야 좋은 도서관인 것도 아니다. 건물 자체는 평범해도, 도서관 운영 스타일이 특이한 도서관은 지역민에게 인기가 있다. 즉 도서관 경쟁은 건물 등 하드웨어뿐 아니라, 도서관 운영 등과 같은 소프트웨어로도 한다. 때문에 도서관 운영 차원의 경쟁에는 별다른 예산이 들지 않는다. 생각만 바꾸면 된다. 책 읽는 독서실이라는 관념에서 벗어나, 지역민이 원하는 게 무엇인지 파악하고 탄력적으로 운영하는 철학이 중요하다. 물론 지역민들도 자신들이 무엇을 원하는지 모를 것이다. 그렇기 때문에 지역민이 원하는 것이 무엇인지 파악하는 게 창작의 고통만큼 어려울 것이다. 성공한 기업가들은 수요자들이 스스로 깨닫지 못한 욕구를 파악해 상품으로 만들어내는 '기업가 정신'으로 승부한다. 정치인도 마찬가지다. 지역민들이 알지 못하는 잠재적 욕구를 정확하게 끌어내 도서관 운영에 반영하는 일종의 정치적 창조 행위를 해야 한다. 이를 '정치인 혁신 정신'이라고 표현할 수 있다.

이번 장에서 소개하는 열 곳의 도서관은 모두 공공도서관이며, 최근에 개관한 도서관들이다. 전국의 많은 공공도서관 중 필자의 마음을 사로잡은 공공도서관은 모두 최근에 개관했다. 이는 필자가 주장하는 도서관 경쟁이 오래된 것이 아닌 최근의 현상이라는 점을 확인해준다. 막연하게 도서관 경쟁을 통해 우리의 정치 구조가 더 나아질 거라는 이론적 믿음을 이야기하기보다는, 구체적 결과로 나타난 도서관의 실태를 보여주고자 한다. 이런 구체적인 예를 통해 정치권의 도서관 경쟁이 더욱 활성화되었으면 하는 바람이다.

충남도서관

충남도서관은 충청남도를 대표하는 도서관으로 홍성 내포 신도시에 위치하고 있다. 2018년에 개관했으며, 개관 시기는 홍성 신도시 건설과 밀접한 관계를 갖는다. 홍성은 충남 도청이 이전한 신도시로서, 모든 게 새롭게 디자인된 도시다. 일반적으로 새로운 도시가 만들어질 때는 도청이 가장 중심 위치에 서고, 이를 기준으로 여러 공공 기관들이 자리 잡게 된다. 그러나 홍성의 내포 신도시가 만들어질 때에는 중심지에 공공도서관을 두었다. 도청이 들어서야 할 신도시의 중심에 공공도서관이 있는 것이다.

일반적으로 우리 사회를 관료 중심 사회라고 많이들 비판한다. 지방에 가면 가장 핵심 위치에 도청이라는 거대한 건물이 자리 잡고 있어 군림하고 있는 듯한 인상을 준다는 지적이다. 실제로 지방의 경우 가장 웅장하고 호화로운 건물은 모두 시청이나 도청인 경우가 많다. 민주 사회에 어울리지 않는 모습이다. 지역민의 경제 수준이 그 지역의 공공 부문 수준이 되어야 한다. 만약 지역은 낙후되어 있고 주변 건물들은 볼품이 없는데 군청 건물만 웅장하다면, 우리 민주 제도가 제대로 정착되지 않고 있다는 물리적 증거가 된다. 공공 건물은 지역민의 건물 속에서 모습을 감추고, 묵묵히 봉사하는 물리적 상징성을 보여야 한다.

날렵한 건축 디자인을 선보인 충남도서관은 신도시에 자리잡고 있다.

도청이 있는 이 도시의 중심에는 공공도서관이 자리하고 있어, 관료 중심이 아닌 주민 중심의 도시라는 이미지를 준다. 공공도서관이 있는 자리 옆에는 커다란 호수가 있다. 호수는 주민들이 휴식할 수 있는 대표적인 공공시설이다. 공공도서관은 호수라는 휴식시설과 연계해서 주민들에게 쉼터와 문화 서비스를 제공한다. 도시의 형태는 그 지역 정치인의 의지를 보여주는 지표다. 호수와 공공도서관이 도청보다 우선하는 도시 배치는 어느 지역에서도 볼 수 없는 '민주주의를 도시 형태로 실현한 공간'으로 해석할 수 있다. 도시에서 민주주의를 느끼고 싶다면 홍성에 가보라고 권하고 싶다.

충남도서관은 내부 구조도 독특하다. 기존의 도서관 개념을 파괴했다. 자료실별로 공간 구분을 하지 않고, 모두 열린 공간으로 조성했다. 모든 게 트여 있는 자유로움을 느낄 수 있다. 또한 어린이를 위한 시설 공간도 특이하다. 첨단 기술을 활용하고 있는 세상의 흐름에 맞추어 도서관에서 정보 기술 개발을 체험할 수 있도록 했다. 언제든 쉴 수 있고, 자유롭게 배울 수 있는 새로운 개념을 도서관에 정립했다.

충남도서관은 지역 발전을 위한 명물로서의 역할도 하고 있다. 일반적으로 관광지 하면 역사 유적지나 자연 풍광을 떠올린다. 그러나 충남도서관은 공공도서관도 지역의 관광 명소가 될 수 있음을 보여준다. 물론 충남도서관 하나만으로 관광 요건을 충족시킬 수 없기 때문에, 도내 관광지와 연계해 홍보를 한다. 도서관 가까이에 백제 시대에 창건된 수덕사가 있고, 도고 온천이 있다. 역사 공부와 문화 향유, 거기에 온천까지 한꺼번에 경험할 수 있는 복합 관광 상품의 한 축으로 공공도서관이 기능하고 있다.

남양주시 이석영 뉴미디어 도서관

경기도 남양주에 위치한 이석영 뉴미디어 도서관은 2021년에 개관하였다. 이석영은 이 지역 출신으로 일제 치하에 활동했던 독립 운동가다. 독립 운동가의 이름을 도서관 명칭에 사용했기 때문에 역사 중심의 공공도서관으로 생각하기 쉽다. 그러나 이 도서관은 이름과 달리 청소년을 위한 음악, 뉴미디어를 특화시킨 공공도서관이다. 청소년들은 책을 읽는 것보다 음악을 즐기고, 춤추는 것을 좋아한다. 특히 BTS 등과 같은 아이돌 그룹에 열광한다. 이석영 도서관이 위치한 남양주시 화도읍은 전국에서 청소년의 수가 두 번째로 많은 도시로, 모든 시설이 청소년에 특화되어 있다.

그렇다고 해서 청소년을 교육시키거나 책을 읽으라고 가르치는 도서관이 아니다. 청소년들이 가장 좋아하는 활동을 뒷받침해 주는 도서관이다. 아마 춤 연습이 가능한 댄스 스튜디오가 마련된 도서관은 전국에 이석영 도서관뿐일 것이다. 댄스 스튜디오뿐 아니라 음악 녹음 스튜디오도 있다. 음악 스튜디오는 최고의 음향과 조명을 갖춘 블랙박스형 뮤직 아트홀이 있어서, 음악과 영상이 혼재된 세상을 경험하게 하는 환상의 공간이다. 이제 공부를 잘해야만 훌륭한 학생이 되는 시대는 지났다. 더 이상 공부를 잘하는 학생이 잘사는 시대도 아니다. 공부하기 싫어했던 학생이 전 세계의 유명한 프로 야구, 프로 축구 선수, 유명 아티스트가 되어 국위 선양 하는 세상이다. BTS가 창출하는 국가의 부가 승용차를 팔아서 얻는 국가 이익보다 훨씬 크다. 개인의 무한한 가능성을 어릴 때부터 우리 사회가 보듬어 마음껏 끼를 펼칠 수 있게 해줘야 한다. 그 역할을 공공도서관이 할 수 있음을 이 도서관은 보여준다.

이석영 도서관은 공공도서관이지만, 공공의 냄새가 나지 않는다. 규율과 질서에 익숙한 공간이 아닌, 자유로움을 느낄 수 있는 공간이다. 1층 로비에는 스타인웨이 피아노가 놓여 있고, 언제든 음악을 연주할 수 있도록 했다. 아울러 계단형 좌석은 자유로운 공연장으로도 활용할 수 있다. 1층에는 카페가 있어서, 커피와 함께 자유롭게 계단형 좌석에 앉아서 이야기하고 즐길 수 있다. 벽에는 대형 아트 월이 놓여서 환상적인 예술 세계를 경험하게 한다. 푸른색 카펫이 깔려 있는 열람실에는 음악이 흐른다. 이곳에서 자유로운 담소가 가능하다. 마치 유럽에 있는 듯한 착각을 주는 도서관이다. 인테리어는 네덜란드의 암스테르담 중앙 도서관을 모델로 설계했다고 한다. 한국에서 볼 수 없는 새로운 형태의 디자인 요소가 북유럽적 분위기를 연출하고 있다. 최고의 예술품은 종합자료실 중앙에 있는 샹들리에로, 탁 트인 공간에 창문으로 들어오는 햇빛을 대형 프리즘으로 반사되도록 설치하였다. 햇빛은 시간에 따라 움직인다. 거기에 맞춰서 프리즘으로 반사되는 조명은 매번 새로운 모습으로 이용자들에게 다가간다. 일반적으로 예술품은 정적이다.

종합자료실 천장에는 대형 프리즘이 설치되어 있는데, 미디어 아티스트 그룹 '김치앤칩스'의 작품(미디어폴. 손미미 & 엘리엇 우즈 작품으로 "모든 색은 서로에 의해 만들어 진다"라는 뜻을 담았다)이다. 서로 다른 방향으로 회전하는 80개의 프리즘이 창을 통한 빛을 다양한 색으로 분산시키며, 양쪽 벽에 달린 거울에 반사되어 환상적인 빛의 향연을 보여준다. 아래에 놓인 테이블은 피아노 모양으로 디자인해 공간의 정체성을 극대화했다.

시간에 따른 변화가 없고, 같은 모습을 유지하고 있다. 그러나 시간에 따라 변하는 햇빛의 움직임을 그대로 반영하는 샹들리에형 작품은 이 석영 도서관의 공간미의 극치를 보여준다. "이곳이 과연 공공도서관이 맞나?"라는 질문을 연발하게 만든다.

전국 최고의 공공도서관이란 개념은 존재할 수 없다. 지역 도서관은 지역민을 위한 공간이다. 따라서 지역의 특성과 수요를 충족시켜야 한다. 공공도서관은 그 지역에만 어울리는 도서관이므로, 독창적이어야 한다. 노인이 많은 지역의 도서관은 청소년이 많은 지역 도서관으로는 어울리지 않는다. 이석영 도서관은 청소년이 많은 지역에 특화해서 만들어졌다. 과거에는 공부하게 하는 도서관이 좋은 도서관이었다. 이제는 놀게 하는 도서관이 최고다. 결국 지역의 청소년이 원하는 공간을 어떻게 창조하느냐가 문제다. 부모 세대가 "나 어릴 때" 하면서, 독서실용 도서관을 아무리 잘 만들어도, 지금의 청소년은 외면한다. 그런 도서관 건립은 세금 낭비다. 이석영 도서관은 요즈음 청소년들이 원하는 바를 공간에 최대한 반영했다. 안무 연습할 수 있는 공간을 제공하는 공공도서관은 처음 본다. 그래서 이석영 도서관은 창조적이며, 혁신적이다. 법적 형태는 공공도서관이지만, '복합 문화몰'이라는 단어가 더 어울린다.

남양주시 정약용 도서관

경기도 남양주시에 위치한 정약용 도서관은 지난 2020년 개관했다. 정약용은 우리에게 친숙한 조선 시대 인물로, 많은 이들의 존경을 받고 있다. 그러나 공공도서관 이름을 '정약용 기념 공공도서관'이 아닌 '정약용 도서관'으로 사용하는 것은 우리나라에서 드문 경우다.

이름이 특이한 만큼 이 도서관과 관련된 모든 게 독특하다. 우선 실내 디자인 중 가장 눈에 띄는 것은 원색으로 가득하다는 점이다. 우리는 원색을 잘 사용하지 않는다. 우리 문화에서는 눈에 잘 띄지 않는 색을 사용하는 경우가 많다. 흰색과 회색, 검정색이 유난히 많다. 그러나 이 도서관에는 빨간색, 파란색 등 원색이 주를 이룬다. 그래서 강렬하다. 특히 강당 바닥에는 빨간색 카펫을 깔았다. 마치 서양의 시상식에서나 볼 수 있는 레드 카펫이 있는 강당이다. 과감하게 원색을 사용한 만큼 모든 면에서 자신감이 팽배하다. 특히 도서관 실내 디자인의 기본 아이디어를 북유럽풍으로 잡은 것도 인상적이다. 모방이면 어떤가? 모든 창조는 모방에서 출발한다. 한국에서 감히, 그것도 공공도서관에서 이렇게 강렬한 색을 모방한다는 것은 창작과 같은 의미를 지닌다. 가구도 밝은 색의 원목 가구를 곳곳에 배치하였다. 소파나 의자, 조명 등 마치 내 집의 거실에 있는 것처럼 편안한 분위기를 연출하기도 한다.

기존의 도서관이 책 읽기에 강박감을 갖고 있어 공간 구성이 비교적 폐쇄적이었다면, 정약용 도서관은 모든 게 트여 있다. 열람실을 따로 두지 않고, 2~3층을 하나로 연결해 공간의 답답함을 없애고 시원한 느낌을 준다. 도서관 1층에는 지역의 유명한 빵집을 유치했다. 이곳에서는 유명한 빵을 사 먹기 위해서 공공도서관을 간다는 말이 통한다. 일반적으로 공공도서관에 빵집을 들인다면, 형평성 제고라는 명분으로 다소 열악한 빵집을 유치하는 경우가 많다. 이렇게 되면 서로 피곤하다. 형평성 차원에서 결정된 일이기 때문에 불만이 있어도 표현하지 못하고, 빵을 사 먹으려는 수요자는 도서관에 있는 빵집을 이용하기보단 외부의 맛있는 빵집을 간다. 시간이 지나면, 이것도 저것도 아닌 그저 그런 도서관 빵집은 근근이 유지하다가 결국은 폐업에 이르게 된다. 형평성 제고라는 명분으로 일을 추진했을 시 가게 되는 길이다. 이 도서관은 그런 명분에 휘둘리지 않았다. 가장 유명한 지역의 빵집을 공공도서관에 유치해, 빵집으로도 유명한 도서관을 만들었다. 2층은 더 파격적이다. 피자, 파스타 등 서양 음식을 파는 레스토랑이 위치해 있다. 정약용의 이름이 들어간 도서관이지만, 한정식이나 조선의 국밥 등을 파는 것이 아니고, 레스토랑을 입점시켰다. 공공도서관이지만 명분보다 주민의 욕구가 어디에 있는지 살피고, 그대로 수용한 것이다. 도서관, 카페, 빵집, 레스토랑 등 각기 다른 공간들이 정약용 도서관이라는 장소에서 어우러지게 만들었다. 이런 시도는 도서관의 혁신이라기보

2층에 있는 '정약용 홀'에는 둥근 모양의 천장 조명과 어울리는 책상과 의자, 벽면 서가가 어우러져 있다. 이곳은 블로그 및 뉴스의 배경화면 등 포토존으로 각종 행사 및 인터뷰 장소로 활용한다. 2~3층 공간이 열려 있는 '정약용 홀' 벽면 서가에는 소장 가치가 높은 시집 2,800여 권의 기증 코너 및 정약용 선생의 후손들이 기증한 도서가 비치되어 있다.(사진 제공=남양주시)

다는, 도서관에 대한 '생각'의 혁신이다. 생각에서 혁신을 이루고 확신을 가지니, 거침없는 공공도서관의 새로운 모습이 창조된 것이다.

그렇다고 해서 정약용이라는 위인의 이름만 빌려다 쓴 것은 아닌지 걱정할 필요는 없다. 정약용과 관련된 자료 역시 특화되어 있다. 정약용과 관련된 자료들을 수집하고 특화시켜, 정약용 관련 연구를 위한 최고의 장서를 제공하고 있다. 그 결과, 정약용과 관련된 정보와 서적이 대학 도서관보다 많고, 관련 연구자들의 정례 모임도 이곳에서 갖는다. 이 점도 상당히 중요한 포인트다. 정약용 연구자들이 주기적으로 모이고, 토론을 해야 정약용의 사상이 확대, 보급될 수 있다. 그래서 정약용 도서관은 정약용의 실사구시 정신을 가장 잘 반영한 공공도서관으로 평가할 수 있다. 지역 주민들이 원하는 보다 더 편안한 도서관을 구성해, 주민들이 언제든 자유롭게 쉴 수 있는 문화 공간을 만들어냈다.

의정부시 음악도서관

경기도 의정부 대표 이미지는 아무래도 미군 부대와 부대찌개다. 그런 의정부시에서 그 어떤 지역에서도 시도하지 않았던 특출한 공공도서관을 개관하였다. 지난 2019년에 개관한 미술도서관에 이어서 2021년에 개관한 '음악도서관'이다. 공공도서관의 공식 명칭이 음악도서관이라니, 이름부터가 저돌적이다.

다른 지역에도 음악으로 특화된 도서관이 몇 군데 있긴 하다. 그러나 이들 도서관의 정식 명칭에는 음악이라는 용어가 빠져 있다. 예를 들면 파주시에 있는 '가람도서관'은 음악 도서관이지만, 음악을 앞세워 도서관 이름을 짓지 않았다. 아마 의정부시 음악도서관은 한국에서 음악이라는 이름을 사용한 최초의 도서관일 것이다. 음악도서관이 공식 도서관 이름인 만큼, 이곳은 온통 음악으로 특화되어 있다. 지역 특성에 맞추어 재즈, 블루스, 힙합, R&B 등 블랙 뮤직을 테마로 공간을 디자인했다. 의정부는 미군 부대가 주둔한 도시의 이미지가 강하기 때문에, 블랙 뮤직을 특화한 것이 도시 이미지에 잘 어울린다. 음악도서와 함께 CD, LP, DVD, 악보 등 비도서 자료들을 많이 소장하고 있다. 주어진 예산으로 음악과 관련된 자료를 구입해 장서에만 치중한 일반 공공도서관과는 확연히 차이를 갖는다. 음악도서관인 만큼, 실내에서

1층 오픈 스테이지에서 의정부 시립 합창단과 함께하는 팬덤싱어즈 '지금 이 순간' 문화 행사를 하고 있다.

뿐 아니라 실외의 공연 프로그램이 촘촘히 구성되어 있다. 1층 로비는 열린 공간으로 피아노가 놓여 있어 언제든 연주회를 열 수 있는 준비가 되어 있다. 또 계단형 좌석이 구성되어 있어 이곳에 들르는 관객들은 언제든 편안하게 쉬면서 공연을 즐길 수 있는 분위기가 도서관 전체에 깔려 있다. 실내 공연장엔 별도로 고가의 고품질 음향 장비도 비치돼 있다. 복도엔 음악 관련 자료가 전시되어 있고, 조그마한 방들은 모두 음악과 관련된 활동을 위한 개별 공간으로 만들어졌다. 그래서 음악도서관 전체가 도서관이라기보다는 실제 음악관 같다. 유물이 되고 있는 엘피(LP)판을 기부받고 있어, 엘피판에 의존했던 옛날의 추억을 이 도서관에선 느낄 수 있다. 엘피판에서 흘러나오는 음악을 듣고 있자면, 도서관이라기보다는 박물관에서 음악의 추억을 되새기는 기분이 든다.

음악도서관이 위치한 자리는 원래 공원이었다. 그것도 사람들이 왕래하지 않은 음침한 골칫덩어리 공간이었다. 이런 공간에 음악도서관이 개관되자, 지역의 명소로 자리 잡았다. 음악도서관이라는 이름 덕분에 비단 의정부 시민뿐 아니라, 전국에서 음악 애호가들이 방문하는 명소가 됐다. 공원의 우범 지역을 지역 명소로 바꾸어 놓은 힘도 결국은 정치인으로부터 나왔다. 훗날 의정부시는 부대찌개의 이미지에서 미국의 블랙 뮤직이 감도는 이미지로 탈바꿈할 것이다.

음악도서관 주변에는 고층의 아파트가 밀집해 있다. 음악도서관의 혜택을 가장 많이 보는 사람들이 주변에 있는 아파트 지역민들이다. 한때는 민원의 대상이었던 음침한 공원이 지역 명소가 되면서 주변 아파트 가격도 계속 오를 것으로 보인다. 주택은 결국 주변의 공공 서비스 수준에 의해 결정되기 때문이다. 이처럼 음악도서관이라는 창작을 통해 주변 아파트의 가격은 오르고, 의정부시에 대한 이미지도 바꾸는 결과를 가져왔다. 공익 추구란 바로 이런 도서관 경쟁, 창작 과정을 통해 이루어지는 것이다.

의정부시 미술도서관

경기도 의정부 미술도서관은 2019년에 개관하였다. 아마 국내 최초로 만들어진 미술 전문 도서관일 것이다. 미술로 특화된 도서관을 만드는 것과 미술도서관으로 이름을 내세우는 것은 별개다. 그래서 미술도서관으로 이름을 내세운다는 것은 자신감이 있다는 의미다.

미술도서관이라는 이름에 어울리게 모든 공간이 미술품이다. 먼저 도서관 건물 자체가 특이하다. 한쪽 벽면은 모두 유리로 처리했고, 모든 층에서 하나의 유리벽을 볼 수 있도록 틔어 있다. 그래서 유리로 들어오는 햇빛은 강렬하고, 실내의 색감과 한층 더 어울린다. 실내 공간이 빛의 예술이란 작품으로 감상할 정도의 대작이다. 자료 열람 공간, 전시 공간, 커뮤니티 공간 등이 모두 폐쇄적이지 않고, 열려 있다. 그래서 시원스럽고 자유로운 분위기를 연상시킨다. 이런 자유로운 분위기에서 강렬한 태양 빛이 유리로 가득한 한 면으로 찬란하게 공간 전체를 휘어잡는다. 외관의 정원도 미술 도서관답게 건물과 조화를 이루니, 또 하나의 예술 작품을 보는 듯하다. 예술적 감각을 가진 조경 사이로 마치 공원 같은 휴식의 공간이 간헐적으로 펼쳐져 있다. 미술도서관이라고 자신있게 이름지은 이유는 건물 실내외 공간이 바로 미술품이기 때문일 것이다. 주관적인 평가만이 아니다. 2020년에 한국건축문화대상

도서관 2층에서 바라본 1층 모습. 책과 빛 그리고 가구의 배치가 환상적이다.
(사진 제공=의정부시 미술도서관)

에서 우수상을, 2021년에 한국문화공간상을 수상하였다. 좋은 예술품에 대한 평가는 누가 봐도 똑같다.

수원시 광교푸른숲 도서관

수원에 있는 광교푸른숲 도서관은 2018년에 개관하였다. 광교는 새롭게 개발된 계획 지구로서 주거지 중심으로 호수 공원이 잘 조성되었다. 그래서 이 지역의 핵심은 광교 호수 공원이며, 주거용 아파트도 호수 공원 중심으로 지어졌다.

광교푸른숲 도서관은 이름부터 이런 광교의 공원에 어울리는 자연 속의 공공도서관이란 개념에서 만들어졌다. 원천 저수지를 옆에 끼고 있는 도서관은 자연 속에 있는 도서관이란 개념으로, 자연 치유와 웰빙에 특화된 도서관이다.

독일의 유명한 생태 도시인 프라이부르크에 있는 전망대를 그대로 본떠서 생태 학습관과 도서관을 연계해서 생태 체험 코스를 개발하였다. 자연 속에 숨어 있는 도서관도 멋있지만, 숲속에 개별 독서 오두막을 만들어서 가족 혹은 친구와 함께 독서 체험을 할 수 있도록 하였다. 숲속에 있는 개별 오두막에서 자연의 바람을 느끼면서 독서하고 이야기하는 장면을 떠올리기만 해도 마음이 평온해진다. 그런 상상 속의 낙원을 이 도서관에서는 그대로 연출하였다.

이런 도서관 서비스는 다른 지역에선 거의 볼 수 없으므로, 수요가 많은 것은 당연하다. 그래서 예약제와 함께 사용료를 부과함으로써 수

숲속에 있는 개별 오두막 열람실(사진 제공=광교푸른숲 도서관)

요를 조정하고 있다. 좋은 곳에 사람이 몰리는 건 당연하다. 공공도서관은 무료이므로 많은 사람이 오려고 한다. 도서관의 수용 공간을 초과할 정도로 사람들이 오면, 어떻게 조절할 수 있겠는가?

결국 가격이다. 사용료 이름으로 가격을 부과하면 수요는 조절된다. 좀더 적극적으로 활용하면 수요가 높은 시간대와 요일에는 높은 가격을 책정하고, 수요가 낮은 때는 낮은 가격으로 탄력적으로 운영하면 더 좋을 것이다. 경제학에선 이런 지혜를 주지만, 공공도서관은 이런 지혜를 그대로 받아들이기는 어려운 듯하다.

사람의 주거 지역, 자연 공원, 도서관이란 세 개의 다른 공간을 하나의 커다란 맥으로 연계했다. 이 도서관은 자연 지형의 훼손 없이 그대로로 건물을 건설했다고 하기보다는, 넌지시 넣었다는 표현이 나올 정도로 무리가 없다. 조그만 언덕 위에 놓인 건물인 만큼, 자연 속에서 건물로 접근할 때부터 너무도 자연스럽다. 우선 공원을 산책하는 사람을 위해서 3층에서도 바로 도서관 진입이 가능하게 하였다. 도서관 내부 공간 구성도 획기적이다. 도서관 내에서도 자연을 그대로 느낄 수 있도록 열람 공간을 계단식으로 1층에서 3층까지 이어서 만들었다. 따라서 계단에서 책을 보면서 실외 자연 전경을 그대로 즐길 수 있게 하였다.

자연 속의 도서관을 표방하는 도서관은 많이 있다. 그러나 숲과 호수 공원, 인간 그리고 공공도서관이 이렇게 완벽한 조화를 이루면서 유기적으로 연결된 공간으로는 푸른숲 도서관이 으뜸이다.

아마 광교 지역에서 유명한 공공도서관으로 이름을 떨치게 될 것이며, 관광 명소로도 사람을 끌기에 충분한 공간 구성이다.

화성시 다원이음터 도서관

2019년에 개관한 화성시 동탄 지구에 있는 공공도서관이다. 동탄은 서울과 지리적으로 비교적 가까워 아파트 주거 지역으로 인기가 있다. 그래서 비교적 젊은 계층이 많이 살고 있는 지역이다. 다원이음터 도서관을 이해하기 위해서는 화성시에서 추진 중인 '이음터' 개념을 잘 알아야 한다. 공공 부문의 서비스는 대체로 각각 독립적으로 만들고 운영하는 것이 일반적이다. 지역민이 관심을 많이 가지는 공공 서비스로 대표적인 분야가 교육, 체육, 복지 시설이다. 우리나라 국민은 자녀 교육에 대해 심할 정도로 높은 교육열을 가지고 있다. 그러나 교육 서비스는 주로 지방 교육청에서 담당한다. 지역민은 공공 부문에서 체육 및 복지 시설에 많은 관심을 가진다. 그래서 시 정부는 체육 및 복지 시설을 주민에게 효율적으로 전달하기 위해 많은 고심을 한다. 주민 입장에선 모두 공공 부문의 서비스이지만, 공공 부문도 여러 단계가 있으므로 서로의 협업이 어려운 것이 우리의 현실이다. 그래서 화성시가 내세우는 정부 부문의 혁신 방향이 이들 서비스를 연계해서 제공하는 것이다. 서로 연계한 공공 부문 서비스에 '이음터'라고 이름을 붙였고, 이음터 사업이 화성시의 독특한 혁신 상품이 되었다. 2016년엔 '화성 시립 동탄 중앙이음터'를 만들었고, 2019년엔 '화성 시립 동탄 다원이음터'를 만들었다.

다원이음터 도서관은 다원이음터 센터 내에 있는 공공도서관이다. 공공도서관을 독립적으로 건설하는 개념이 일반적인 것에 비해 이곳은 복합 공공 서비스를 제공하는 틀 속에서 공공도서관을 보는 새로운 모형이다. 이곳 도서관은 다원 중학교와 내부로 동선이 연결되어 있다. 일반 지역민을 위한 공공도서관이 따로 있고, 중학교용 도서관 및 체육 시설이 따로 있는 것이 아니다. 같은 동선으로 연결 가능하면, 구태여 독립적으로 공공 서비스를 분절해서 제공할 필요가 없다. 중학교 학생들이 공공도서관을 사용할 수 있고, 이 이음터엔 체육 시설도 있으므로 이들 시설도 이용할 수 있다. 전통적으로 분절된 공공시설이 융합되어서 지역민에게 전달되는 체계로 혁신하였다. 한 곳으로 집중해서 공공 서비스를 제공하므로, 비용 절약적으로 다양한 서비스를 제공할 수 있는 장점이 있다. 학생들이 관심 가진 분야는 뭐든지 적은 비용으로 제공할 수 있다. 이음터에는 요리 스튜디오, 소극장, 문화 교실, 실내 체육관 등도 있다. 학교와 주민들을 위한 공공 서비스를 연계함으로써 주민들이 자녀 교육에 대해 더 관심을 가질 수 있는 물적 환경을 제시하였다. 우리 국민에게 있어 가장 관심이 높은 분야가 자녀 교육이다. 공공 부문의 예산은 어차피 제한되어 있다. 지역민에게 체육과 복지 시설에 대한 서비스를 제공하면서, 자녀들의 교육에 모든 공적 자원을 집중시키는 방법은 이들 시설을 모두 융합하는 것이다.

다원이음터 도서관은 중학교와 붙어 있어서, 실내에서 자유롭게 이동이 가능하다.

이론적으론 단순하지만, 이를 현실화시키는 것은 쉬운 일이 아니다. 관료 사회는 조직마다 분화된 권력하에 규제로 얽혀 있어서 이를 통합시키는 것은 현실적으로 매우 어렵다. 공공 부문의 모든 부서는 독자적인 권한이 있다. 독자적인 권력이란, 다른 말로 하면 독점적인 권력이다. 모든 독점 권력에는 독점 먹거리가 존재한다. 그게 꼭 부패가 아니더라도, 제도적으로 어쩔 수 없는 독점 권력이다. 해당 부서에서 도장 찍지 않으면 한 발짝도 더 움직이지 못하는게 공공 부문의 사업이다. 그래서 이런 관료적 독점 체제를 혁신할 정치인이 필요하다.

정치인이 주민을 위해서 본인이 가진 권한을 이렇게 행사해서 실현하는 것이 곧 공익을 위한 길이며, 이것이 진정한 공공 부문의 혁신이 아닐까 하고 생각한다. 이음터 도서관을 보면서, 도서관의 새로운 방향뿐 아니라, 관료 사회가 나갈 방향에 대해서도 깊은 울림을 받았다.

하남시 미사도서관

경기도 하남시에 위치한 미사도서관은 2020년에 개관하였다. 하남시 미사 지구는 과거 아름답고 고운 모래밭으로 둘러싸였다고 '미사리'란 이름으로 유명하였다. 개발되기 전에는 서울에 가까운 탓에 카페와 대중음악을 라이브로 들을 수 있는 레스토랑이 집중되어 있던 곳이었다.

최근 신도시 수준의 대규모 아파트 단지가 들어섬으로써 새로운 주거지로 각광받고 있다. 수도권의 가장 큰 문제는 주택 부족이다. 그래서 서울 주변에 대규모 아파트촌이 들어선다. 주택 수요에 물량으로 맞추다 보니, 거대한 아파트촌이 형성되었고, 그 전체 모양은 품위가 없다. 그래서 그 지역에선 문화적 깊이를 느낄 수 없을 정도로 삭막하다. 하남 미사리 지구도 이런 수도권 주택 개발의 일환으로 추진되었다. 마침 북한강이 옆에 위치하므로, 자연 경관은 뛰어나다. 그러나 아파트촌이 가지는 답답함은 어쩔 수 없다.

이런 곳에 문화의 오아시스처럼, 미사도서관이 들어섰다. 이 도서관이 내세우는 비전에서 존재 이유가 나온다. '지역과 함께 성장하며 미래를 읽는 도서관'이라는 비전이다. 문화 오아시스는 주민에게 문화의 생명수를 가져다줄 것이고, 지역민은 이런 문화 자산을 아낄 수밖에 없을 것이다. 그래서 프로그램도 다양하다. 생애를 아우르는 평생 학습과

밀집한 아파트 촌에 있는 미사도서관 전경(사진 제공=하남시)

창작 지원 등으로 복합 문화 공간으로의 기능을 추구하고 있다.

거대한 아파트촌에는 공동체의 문화적 중심이 존재해야 한다. 그래야 사람들이 사는 게 신바람 난다. 그런 문화적 중심에 미사도서관이 있다. 강당에서 여러 가지 활동이 가능하고, 대관도 한다. 젊은 부부가 많은 지역적 특성으로 어린이를 위한 특화된 도서관 서비스에 세심한 배려가 뛰어나다.

옛날엔 아름답고 고운 모래밭이 있어서 미사리였지만, 지금은 미사도서관이라는 아름답고 고운 문화밭이 존재한다.

파주시 가람도서관

경기도 파주시에 있는 가람도서관은 2014년에 개관하였다. 국내 최초로 만들어진 음악 특화 도서관이다. 무엇이든지 최초는 자랑스러운 것이다. 그러나 도서관 이름에 '음악'을 붙이지 않은 것은 지나친 겸손일까? 조금 더 적극적으로 이름을 지었더라면 도서관이 더 빛났을 것이다.

'가람'은 '강과 호수'의 옛말이다. 그래서 가람도서관 이름은 별다른 뜻이 없고, 지역에 있는 도서관이란 말이다. 좀더 적극적으로 '가람음악도서관'으로 했으면 이 도서관이 더 유명해졌을 것이다.

이 도서관은 설계 단계부터 음악이란 한 주제로 일관성 있게 계획되고 시공된 음악 특성화 도서관이다. 경기도 북부권은 문화 서비스가 상대적으로 떨어진 지역이다. 이런 지역에 음악을 테마로 하는 공공도서관을 지었다는 것은 대단한 아이디어의 결과다. 우선 자료로서 음악 서적은 기본이고, 음악 CD, DVD 등 다양한 매체의 비도서를 소장하고 있다. 음악 도서관에 어울리게, 도서관 건물 전체에 은은한 음악이 깔린다. 심지어 화장실에도 음악이 흘러나온다.

이 도서관에 머무는 동안엔 음악 외에는 생각할 필요가 없을 것 같다. 그래서 음악으로 마음을 치유하는 음악 종합 병원이라고 해도 되겠다. 음악은 지역민이 스스로 만들 수도 있다. 지역의 음악인이 언제든

소규모 음악 공연과 감상을 위한 공간 '스페이스 G'(G는 높은 음자리표의 옛날식 표현)는 공연 무대를 조성하고 무대와 음향 시설을 추가해 무대와 객석이 가깝게 호흡할 수 있는 밀도 높은 음악 공연장이다.(사진 제공=가람도서관)

지 공연할 수 있는 공간도 있다. 지역민이 연주하고, 지역민이 와서 감상하는 음악으로 자유로운 공간은 그리 넓을 필요가 없다. 자유롭게 펼쳐진 의자와 격의 없는 무대에 피아노와 음향 시설만 제대로 갖추면 된다.

작은 음악 공간 '스페이스 G'는 그래서 만들어졌다. 피아노는 '야마하'다. 이 정도면 서양의 살롱 문화를 지역에서 펼칠 만하지 않는가. 조그마한 공연장이지만, 문화적 품위가 대형 공연장에 뒤지지 않는다. 물론 300석 규모의 클래식 전용 공연장도 있다. '솔가람 아트홀'이다. 실내악 및 독주, 합창에 적합한 최상의 음향 기기를 갖추고 있으며 연주자들이 최상의 상태로 유지할 수 있게 꼼꼼히 배려해서 설계하였다. 물론 여기에 있는 피아노는 스타인웨이다. 이 정도 시설이면, 음악 문화로 수도권을 이끌어 나가는 도서관으로 역할을 할 듯하다.

서울시 은평구 내를 건너서 숲으로 도서관

다소 이름이 긴 이 도서관은 은평구에서 2018년에 만들었다. 그래서 구립 도서관이다. 먼저 이름이 특이하다. 도서관 이름은 대부분 명사를 사용해서 만든다. 그런데 이 도서관 이름은 동작을 설명하는 용어다. 은평구 어디에 살든지 숲으로 오면 이 도서관이 있다는 의미다.

우리나라엔 산과 언덕이 많다. 그래서 숲이 많이 있으나, 숲은 숲이고 도서관은 도서관이다. 따로 논다는 말이다. 그러나 이 도서관은 숲으로 들어가는 입구에 숲을 해치지 않고, 자연스럽게 들어가는 공간으로 만들어졌다. 숲에는 언덕이 있어서 높낮이가 있는 땅이다. 그런 만큼 숲에서 내려오는 사람은 위쪽 입구를 사용하고, 숲으로 가려는 사람은 아래 쪽 입구를 사용하면 된다. 자연 속의 건축이란 개념을 이 도서관만큼 잘 표현한 도서관이 있을까?

아마 이 건물을 건축한 건축가는 자연을 매우 사랑하는 자연 친화적인 건축가일 것이다. 건축가보다 이런 아이디어를 도서관으로 구체화해서 지역민에게 선물 준 정치인이 더 대단하다.

이 도서관은 시인 윤동주를 기념하는 도서관이다. 그러고 보면, 왜 이 도서관 이름이 '내를 건너서 숲으로'인지 이해가 간다. 도서관 이름에서 윤동주 시에 나오는 구절이 연상된다. 맞다. 이 구절은 윤동주의 시인 「새로운 길」의 첫 구절에 나온다. 그런데 왜 은평구에 있는 구립 도

위에서 바라본 내를 건너서 숲으로 도서관. 숲과 언덕을 함께 잘 담고 있는 자연 친화적 도서관의 모습이다.

서관이 윤동주를 기념할까? 연세대에서는 윤동주에 관한 많은 홍보가 이루어지고 기념석도 있다. 윤동주 시인이 연세대 출신이기 때문이다. 그럼 윤동주가 은평구 출신인가? 아니다. 하지만 이 도서관이 위치한 지역의 특성을 보니 이해가 간다.

도서관 주위에는 유독 초중고등학교가 많이 있다. 역사를 찾아보면 역시나 근거가 있다. 윤동주는 평양에 있는 숭실 중학교에서 공부했고, 이 시기에 가장 왕성한 작품 활동을 했다. 이 숭실 중학교가 바로 현재 은평구에 있는 숭실 중고등학교 전신이다. 이 도서관은 윤동주 시인의 탄생 100주년을 기념하여 지어졌다. 그래서 숭실중고등학교와 이 도서관은 다른 학교에서는 가지지 못하는 문화 역사적 이야기가 풍부하다. 윤동주 탄생 100주년을 기념하는 도서관까지 만들어졌으니, 얼마나 자부심이 높겠는가? 여전히 학생들에게 공부를 강요하는 사회 분위기라서, 문학적 감수성 교육이란 개념이 별로 없다. 그러나 문학적 감수성은 우리 사회가 문화적 소양이 풍부하게 되려면 필수적이다. 이런 문학적 감수성은 어릴 때 만들어져야 한다. 그렇다고 고압적으로 과외 공부시킨다고 생기는 게 아니다. 자연스럽게 내를 건너서 숲으로 가는 도서관을 사용하면서 키워지는게 문학적 감수성이다.

그런 까닭에 도서관에서 제공하는 시민을 위한 교양강좌 등에도 문학적 감수성을 키우는 프로그램이 많다. 이 도서관은 숲으로 오가면서 생각을 정리하고, 문화의 향기를 얻고 싶을 때 쉬어가는 문화의 벤치, 즉 쉼터라는 말이 더 어울리는 도서관이다.

제5장

도서관도 어쩔 수 없이 '돈'이 문제다

“

우리가 반드시 알아야 할 유일한 일은

도서관 위치를 파악하는 것이다.

The only thing that you absolutely have to know,

is the location of the library.

”

- 알베르트 아인슈타인Albert Einstein, 독일 물리학자 -

도서관 건립의 가장 큰 고민은 예산

모든 정책과 사업은 결국은 돈이 있어야 한다. 도서관을 건립하려고 해도, 가장 고민해야 할 것은 예산이다. 도서관의 종류는 천차만별이다. 법적으로 공공도서관은 공립 공공도서관과 사립 공공도서관으로 나뉜다. 사립 공공도서관은 공공도서관이지만 민간이 자금을 대는 도서관을 의미한다. 일반적으로 우리는 공공도서관이라고 하면 국가에서 세금으로 지은 공립 공공도서관을 생각한다. 그러나 정부의 도움 없이 스스로 재정을 책임지는 사립도서관도 있다. 이는 순전히 설립자의 철학에 따라 영리를 목표로 일반 기업 형태를 띌 수 있다. 반면 영리보다는 특정 목표를 달성하기 위해 비영리로 사립도서관을 운영하기도 한다. 도서관을 재정 측면에서 바라보면 정부가 부담하느냐, 민간이 부담하느냐로 나눌 수 있다.

공공도서관은 일반인이 자유롭게 사용할 수 있는 일종의 공공재이므로, 도서관 건립에 필요한 재원을 모두 정부에서 부담해야 한다고 생각한다. 우리는 '공공도서관=정부 제공'이란 고정 관념에서 벗어나야 한다. 공공도서관이지만. 민간에서도 얼마든지 만들 수 있다. 단지 민간에서 건립한 공공도서관이 많지 않은 까닭에 우린 그 장점을 알지 못한다. 도서관 경쟁은 결국 도서관 재원을 어떻게 확보하느냐의 경쟁과 같다. 그래서 도서관 건립을 위한 재정에 대한 지식이 있어야 한다. 단순히 어떤 도서관이 좋다고, 정부 예산을 따내서 모방해서 만든다고 좋은 도서관이 되는 것이 아니다. 공공도서관 건립에서 민간의 역할과 장점을 이론적으로 알아야 한다.

가장 보편적인 재원: 국민이 내는 세금

세금은 정부가 만드는 공공도서관에 투입되는 대표적인 재원이다. 우리가 정부라고 할 때, 일반적으로 중앙 정부만을 생각하는 경향이 있다. 그러나 정부는 여러 층위의 정부가 존재한다. 특히 도서관 건립 관련해서는 어쩌면 지방 정부 역할이 더 클 수 있다. 정부를 구체적으로 살펴보자.

정부는 중앙 정부와 지방 정부로 나눌 수 있다. 흔히 지방자치 단체라고 이야기하는 공공 부문은 '지방 정부'다. 지방 정부는 서울과 부산 등 대도시의 경우, 구청 단위가 기초 정부가 된다. 반면 지방은 시 혹은 군 단위가 기초 정부다. 그래서 지방 정부는 한 지역의 살림을 독립적으로 운영하는 정부 단위로 특별시·광역시·도·시·군 등으로 나뉘며, 약 250여 개 정도 있다. 이들 지역의 자치 단체장은 주민 선거에서 선출되므로, 정치 분권이 이루어지고 있다. 따라서 일반적으로 정부라고 하면, 1개의 '중앙 정부'와 250여 개 '지방 정부'로 분리해서 생각할 필요가 있다. 공공도서관 측면에서는 또 하나의 자치 단체가 있다. 바로 지방 교육청이다.

우리나라에선 지방 교육청도 정치 분권을 실시하기 때문에 지방 교육감은 주민 선거에 의해 선출된다. 17개의 지방 교육청은 독립적인 재정 구조를 가지고 있고, 교육청에서 주관하는 공공도서관도 있다.

모든 정부는 국민에게 다양한 서비스를 제공하는데, 이때 필요한 재원의 상당 부분은 세금에 의해 충당된다. 따라서 세금은 국민이 정부 서비스를 소비하는 대가다. 다른 말로 표현하면 공공 서비스에 대한 가격이다. 이들 가격은 대부분 세금의 형태로 국민들이 부담한다. 세금은 다양한 형태로 존재하지만, 부과되는 대상별로 구분하면 단순하다. 소득, 소비, 재산이 그것이다. 소득에 부과되는 대표적인 세금이 소득세, 법인세. 소비 관련 세금은 부가 가치세, 담배세, 주세 등이다. 재산 관련 세금은 재산세, 종합 부동산세가 있다. 이들 세금은 정부의 형태별로 서로 다른 재원이 된다. 중앙 정부의 수입은 대체로 소득 및 소비 관련 세금을 재원으로 하고, 지방 정부의 수입은 재산 관련 세금을 재원으로 한다. 물론 예외도 있어서, 재산과 관련된 종합 부동산세는 중앙 정부의 재원이다. 이는 우리나라에만 있는 독특한 형태다.

공공도서관 건립과 관련된 재원은 중앙 정부뿐 아니라 지방 정부와도 연결돼 있다. 중앙 정부는 지역 간 형평성을 높이기 위해, 또는 전 국민에게 파급 효과가 큰 사업일 경우 지방 정부로 많은 재원을 이전한다. 때문에 지방 정부에서 건립하는 공공도서관이지만, 실제 재원은 중앙 정부에서 일정 부문 맡는 경우도 많다. 지방 정부가 추진하는 사업의 경우, 대부분의 재원은 재산과 관련된 세금으로 충당된다. 물론 특별시, 광역시 등 대도시와 도 정부가 추진할 때는 부동산 취득세가 기본 재원이지만, 시·군의 경우에는 재산세를 기반으로 한다. 다른 말로 표현하면 기초 자치 단체의 재원은 부동산 보유 관련 세금에 의존하고, 광역 자치 단체 재원은 부동산 이전 관련 세금에 의존한다. 지방 교육청의 재원은 중앙정부의 전체 세금 중 일부를 지방 교육 재정에 반드시 사용하도록 되어 있다. 이를 '지방 교육 재정 교부금'이라고 한다. 중앙 정부가 세금을 징수하지만, 지방 정부의 교육 관련 사업에 집행해야 하는 강제성을 갖고 있어서 지방 교육청 사업의 주된 재원이 되고 있다. 이처럼 공공도서관 건립과 관련된 사업은 주로 지방 정부에서 이루어지지만, 실제로 재원의 원천이 되는 세금의 형태는 매우 다양하다. 따라서 도서관 정책은 중앙 정부와 지방 정부, 지방 교육청의 정책 협력이 뒤따라야 현실화되는 복잡한 정책 과정을 수반한다.

도서관을 짓는 '위대한 개인'

공공도서관이라고 해서 모두 세금으로 만들어지는 건 아니다. 민간 기부에 의해 이루어지는 경우도 많다. 전 세계적으로 가장 잘 알려진 민간에 의한 공공도서관은 미국의 '카네기 도서관'이다.

카네기는 기업인으로 은퇴한 후 약 2,500개의 공공도서관을 세웠다. 참고로 한국에 있는 공공도서관 총 숫자가 1,100여 개임을 비교할 때, 카네기의 공공도서관 사업이 얼마나 큰가를 알 수 있다. 선진국의 사례를 살펴보면, 공공시설이라고 해서 반드시 정부가 만들지 않는다. 민간 기부에 의해 이루어진 시설도 많다. 경제적인 관점에서 보면, 민간 기부에 의해 세워진 공공도서관이 국민 세금에 의한 것보다 바람직하다. 물론 사용하는 주민들의 입장에선 세금이나 기부나 결국은 같은 서비스이므로, 차이가 없을 수 있다. 그러나 재원을 거둬들이는 방법을 생각해 볼 때, 강제로 걷는 세금과 자발적인 기부의 차이는 크다. 개인적으로 보면 별 차이 없어 보이지만, 사회에 주는 보이지 않는 경제적 비용은 매우 다르다. 예를 들어 공공도서관 하나를 건립하는 데 100억 원의 자금이 필요하다면, 세금으로 거둬들이든 기부를 받든 같은 100억 원이니 똑같은 것일까? 사용하는 사람 입장에선 같은 것일 수 있다. 그러나 경제적으로 봤을 때 세금 건립과 기부 건립은 확연히 다르다. 이를 이해하기 위해선 '세금의 경제적 효과'라는 개념을 이해해야 한다.

세금의 가장 큰 특징은 강제라는 것이다. 세금 징수가 법으로 만들어지면, 모든 사람들에게 무차별적으로 강제화된다. 그런데 인간이란 본능적으로 세금을 납부하는 것을 싫어하게 되어 있다. 세금이 지나치게 많이 부과되면 사업이나 근로 의욕이 떨어진다. 예를 들어 소득세가 없어서 월급의 100%가 자신의 것이 된다면 열심히 경제 활동을 하지만,

소득세를 70%가량 부과한다면 경제 활동의 유인이 확 떨어지게 된다. 높은 세율이 개인과 기업의 경제 활동을 위축시키는 것도 같은 이치다. 극단으로 치달으면 세금으로 빼앗기느니, 차라리 일하지 않는 편이 낫다고 생각할 수도 있다. 실제로 세금으로 인한 경제 주체들의 행동 변화는 여러 가지 형태로 나타난다. 개인의 경우, 저축 소득에 세금을 많이 매기면 저축을 적게 한다. 또한 기업의 투자 활동에 세금을 많이 추징한다면 투자하는 것보다 배당하는 편이 낫다. 이런 경제 행위의 변화는 세금으로 야기된 행동의 변화다. 열심히 일한 경제 주체들을 세금 부과로 인해 일을 덜하게 만들었으므로 국가 경제 발전에 손실을 끼친 것이다. 이러한 세금의 경제적 손실을 고려하면 세금 100억 원을 거둬들였을 경우, 세금으로 인한 경제적 손실이 추가로 50억 원이 될 수 있다. 그렇게 되면 세금으로 100억 원을 거두었지만, 실제로 국민 전체의 부담액은 '세금+경제적 손실=150억 원'이 된다. 그러나 기부는 다르다. 기부는 강제적인 게 아니고 자발적 행위다. 자발적인 기부로 인해 야기되는 경제 활동의 변화가 없으므로, 기부로 인한 경제 행동의 왜곡 현상도 없다. 그래서 100억 원을 기부했다면 기부를 통해 추가적으로 부담하는 경제적 손실이 없으므로, 100억 원의 비용이 발생할 뿐이다.

기부가 많아지면, 사람들로 하여금 사회의 따뜻함을 느끼게 해서 큰 희망을 안고 살아갈 수 있게 된다. 기부가 우리 사회에 주는 또 다른 장점이다. 생각해보자. 우리 사회에서 매일 도둑과 강도가 일어난다면, 그 사실 자체가 사람들에게 엄청난 스트레스를 준다. 이런 사회에서 살 만한 가치가 있나 하는 자괴감을 준다. 반면 매일 많은 사람들이 자발적으로 공공도서관 건립 자금을 기부한다는 소식을 듣는다고 생각해보자. 이런 정보는 반대로 사람들이 따뜻한 감동을 느끼게 된다. 누군가가 기부했다는 그 사실도 일종의 공공재다. 꼭 물건이 있어야 공공재인 것은 아니다. 정보도 공공재일 수 있다. 기부했다는 정보도 공공재이며, 모든 사람이 들음으로써 더 행복해진다. 그래서 이런 기부 정보는 많을수록 사람들은 더 행복해진다. 그러나 도둑과 강도가 판친다는 사실 정보는 사람들로 하여금 스트레스를 준다. 강도는 돈을 빼앗기는 사람 입장에서 보면, 세금과 같다. 강도는 칼로 돈을 빼앗아 가고, 세금은 법으로 돈을 빼앗는 차이만 있을 뿐이다. 그래서 공공도서관을 건립하는 데 세금과 기부에 의한 방법의 차이는 외형적으로는 같지만, 우리 사회에 주는 의미는 엄청난 차이다. 세금을 많이 거두어서 공공도서관을 건립하면, 도서관이란 혜택도 있지만, 세금이란 스트레스도 발생한다. 그러나 기부에 의한 도서관 건립은 기부 정보만을 들어도 사람은 행복해진다. 또 도서관을 건립하는 데 강제로 빼앗긴 돈은 없다. 그래서 기부에 의한 도서관이 많을수록 우리 사회가 더 살만한 세상이 된다.

국가는 수많은 사업을 한다. 국가의 모든 사업을 세금으로 충당할 경우 더 많은 세금을 필요로 할 수밖에 없다. 문제는 세금이 높아지는 것 자체를 넘어, 더 많은 세금 부과로 인해 야기되는 경제 주체들의 손실이 기하급수적으로 증가한다는 점이다. 그래서 세금이 너무 높은 국가는 경제 성장에 발목을 잡힐 수밖에 없다. 때문에 정부 사업이라고 해서 모두 세금으로 충당하기보단, 자발적인 기부가 많아진다면 경제적인 손실을 줄일 수 있다. 공공도서관도 원칙적으론 세금에 의해 건립된다. 하지만 그것이 꼭 세금일 필요는 없다. 오히려 기부에 의해 건립될 경우, 세금으로 인한 사회적 손실을 줄이면서 공공도서관 서비스를 확대할 수 있다. 그러나 선진국의 경우, 기부 문화가 활성화돼 있지만 우리나라에선 기부 행위가 매우 한정되어 있다. 기부금의 절대치가 낮을 뿐 아니라, 기부가 이루어지는 분야도 주로 대학교 등에 한정되어 있다. 특히 공공도서관 건립의 경우 기부가 매우 제한되어 있다.

그런 의미에서 2005년에 서울시 서대문구 서대문 형무소 공원 옆에 개관한 '이진아 도서관'은 특별한 의미를 갖는다. 도서관 재정 관점에서 개인의 기부에 의해 공공도서관이 만들어지고, 기부자 딸의 이름을 붙인 유일한 예로, 향후 공공도서관 건립 재정에 대한 국민적 시각을 바꿀 수 있는 모범적인 사례다. 이 도서관은 딸을 잃은 부모가 딸의 이름으로 도서관을 건립하는 데 50억 원을 기부하면서 건립이 구체화됐다. 공공도서관에 딸 이름을 붙이는 것이 유일한 기부의 조건이었다. 공공도서관이지만, 기부자가 원하는 이름을 붙이게 하는 것은 서로에게 이익이 된다. 특히 기부자 입장에선 본인이 기리고 싶은 인물의 이름을 영원히 남길 수 있는 만큼 기부 행위를 더욱 활성화시킬 수 있다. 기부 문화가 활성화된 미국 등 선진국에서는 기부자의 이름을 붙여서 기부 행위를 명확하게 드러내는 것이 보편화되어 있다. 대표적인 것이 앞서 언급한 '카네기 도서관'이다. 또 미국의 명문 사립대학 대부분은 모두 기부자의 이름을 붙였다. 하버드 대학, 스탠포드 대학, 카네기멜론 대학, 존스홉킨스 대학 등이 대표적이다. 기부는 이타적 행위에서 비롯된 것이지만, 기부자의 이름을 사용하게 함으로써 기부 문화를 더욱 활성화시킬 수 있기도 하다.

이진아 기념 도서관

서대문구에 위치한 '이진아 기념 도서관'은 2005년에 개관했다. 이진아 씨는 지난 2003년 미국 보스턴에서 어학 연수 중 불의의 교통사고로 사망했다. 이진아 씨 가족은 평소 책을 좋아했던 딸을 기리기 위해 50억 원을 기부했는데, 기부 조건은 딱 하나, 딸의 이름을 붙여 도서관의 이름을 짓는 것이었다.

오른쪽 이미지는 도서관 1층 로비에 있는 이진아 기념판

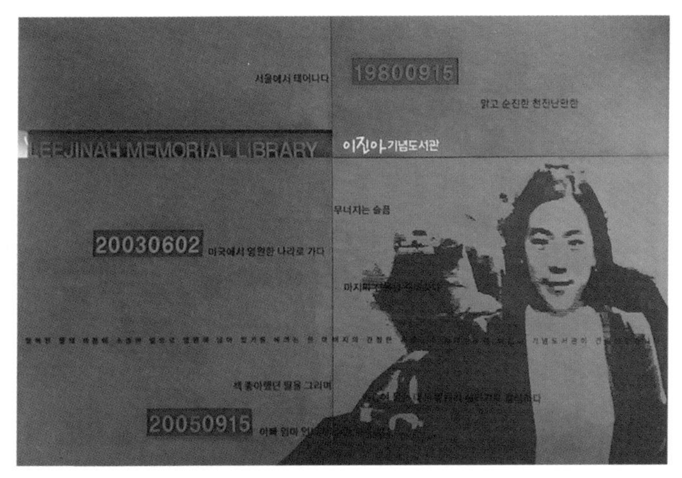

도서관 1층 로비에 있는 이진아 기념판

이다. '이진아'라는 글씨체는 이진아 씨가 아버지에게 보낸 편지글 필체에서 본떴다고 한다.

가족이 먼저 서울시에 기부 의사를 밝혔고, 후보지 중 도서관이 부족한 서대문구에 건립하기로 결정됐다. 아마 우리나라 공공도서관 중 민간인의 이름을 붙인 최초의, 그리고 유일한 도서관이 아닐지 모르겠다. 자식의 죽음은 하늘이 무너지는 것과 같다고 했다. 그 슬픔은 한평생 치유할 수 없는 영원한 것이다. 하지만 이진아 씨의 부모는 아름다운 기부와 공익에 대한 기여로 그 슬픔을 따뜻한 공동체 정신으로 승화시켰다. 멋진 도서관에 딸의 이름을 붙여 남김으로써 지역 주민들에게 감동을 선사한 것이다. 지역 사회에 영원히 사랑하는 딸의 이름을 남김과 동시에 공익을 위한 기부 행위로 공공도서관 건립만 한 것이 있을까. 이진아 기념도서관은 우리나라 기부 문화의 좋은 시도라고 평가할 수 있다. 부모가 이룬 부를 자식에게 남기는 것은 인간의 본성이다. 부모가 먼저 가는 게 순리이며, 이때 자식에겐 상속으로 남겨진다. 그러나 거꾸로 자식이 먼저 세상을 떠났을 때 부모가 할 수 있는 최고의 행위 중 하나가 도서관 속에 자식의 이름을 새기고, 공공에 기부하는 것이라 생각한다.

도서관 내부는 그래서 숙연하다. 이진아를 기념하기 위한 부조가 도서관 1층 로비에 있다. 기부자인 이진아 씨의 아버지는 이 도서관 명예 관장으로 위촉되었다. 딸은 일찍 세상을 떠났지만, 아버지는 도서관에서 매일 딸을 마주한다. 도서관 곳곳에 딸과의 추억, 딸에 대한 사랑, 그리고 딸을 그리는 아버지의 마음이 묻어 있다. 이 도서관은 개인의 슬픔이 사회를 위한 나눔으로 승화된 그 결정체다. 이 깊은 숭고함이 우리 기부 문화에 지대한 영향을 끼쳤다고 생각한다. 또한 대한민국 도서관 역사에서도 절대 쉽게 지나칠 수 없는 위대한 족적이다.

티끌 모아 도서관: 소액 개인 기부의 기적

개인에 의한 기부는 주로 재산과 소득이 많은 한 개인에 의해 이루어진다. 독지가의 기부 행위도 좋지만, 그렇지 않은 개인의 기부도 활성화하는 것이 필요하다. 비록 소액일지라도, 공공도서관 건립에 일정 부분 기여했다는 자부심을 줄 뿐 아니라, 이런 소액의 기부금이 모이다 보면 도서관 건립에 큰 도움이 되기 때문이다. 아직 다수의 개인 기부를 통해 건립된 도서관은 알려져 있지 않다. 대신 공공도서관이 아니지만, 다수의 개인 기부를 통해 도서관을 건립한 대학도서관이 있다. 건립된 순서로 보면 연세대, 서울대, 전남대 도서관 등인데, 건립에 개인 기부의 역할과 이를 유치하는 전략은 좋은 선례로서 남을 수 있다.

연세대는 2008년 중앙 도서관을 학술정보원으로 조직을 개편하고 연세삼성학술정보관을 중앙 도서관 옆에 개관하였다. 연세삼성학술정보관은 삼성의 300억 원 기부와 1,600여 명의 동문 및 관계자들의 기부로 지어졌다. 1층 공간에는 기부자의 이름이 새겨졌으며, 이민주 멀티미디어센터, 한만윤 대회의실, 조용선 120주년 기념전시실, 그룹스터디 룸 등 특정 공간에 기부자의 이름이 들어가거나 명패가 부착되었다.

연세대 학술정보원에 있는 개인 기부에 의한 세미나실

전남대학교에 있는 개인 기부 라운지

서울대 중앙 도서관 관정관을 건립하는 데도 개인 기부자의 역할은 지대하였다. 2012년 중앙 도서관의 관정관 건립에는 관정 이종환 회장이 600억 원과, 1,000여 명의 동문 및 교직원 등의 기부가 바탕이 되었다. 관정관을 들어서면 1층에 이종환 회장의 흉상이 있다. 기부자 라운지의 기부자 벽면에는 기부자들의 명패가 있으며, 양두석 홀(20억 기부), 메가스터디 세미나실(2억) 등 많은 시설물에 기부자의 이름이 새겨졌다.

서울대 도서관에 있는 개인 기부 세미나실

다수의 개인 기부에 의해 건립 재정을 충당한 예로 2021년에 세워진 전남대 디지털 도서관을 들 수 있다. 145명의 기부자들이 총 21억 원이라는 큰 금액을 만들어냈다. 전남대는 가만히 앉아 기부금만 기다리지 않고, 기부금을 모으기 위해 적극적으로 홍보했다. 우선 기부자의 이름을 기부액에 따라 명시하는 전략을 짰다. 예를 들어, 1층 메인 홀은 호반 장학회장의 이름을 따서 '호반 홀'이라고 짓고 5억 원의 기부금을 확보했다. 또 각층의 메인 홀에 모두 5억 원

이상의 기부금을 확보하고, 기부자의 이름을 따서 홀 이름을 명시했다. 또한 소액의 경우, '우미 컨퍼런스 홀'이라는 이름을 짓고 1억 원의 기부금을 확보했다. 1천만 원 이하의 소액 기부라고 해도, 그룹 스터디룸, 프레젠테이션 룸, 개인 케롤 등에 개별 기부자의 이름을 붙였다.

도서관 세부 시설의 명칭을 기부금 확보를 위한 수단으로 활용한 것은 도서관 재정 확보를 위한 전략에 중요한 의미를 준다. 이 세상에 공짜는 없다. 자발적으로 많은 사람들이 기부를 한다면 무슨 문제가 있겠는가. 그러나 세상은 그리 쉽지 않다. 결국 기부금도 어떤 전략을 통해 확보했느냐에 따라 액수가 달라진다. 이렇게 건립된 대학 도서관들은 시설도 훌륭하지만, 지금까지 우리나라에서 생각하지 못한 기부 전략을 폈다는 점이 더 인상적이다. 지금까지 기부라고 하면 소수 독지가들의 자발적인 이타적 행위에 의존했지만, 이들 대학들은 소액 기부자의 이타적 기부 행위를 적극적으로 끌어냈다는 것에서 큰 의미를 갖는다.

기업의 사회 공헌으로 탄생한 도서관

기업이 공공도서관을 만들어서 기부하는 경우다. 기업이 왜 도서관 건립을 위해 기부할까? 단순히 이타적인 동기에서 나온 것일까? 물론 그런 관점에서 볼 수도 있다. 기업의 회장 혹은 사장이 본인 고향 등 연고가 있는 지역에 도서관을 기부하는 경우다. 그러나 대부분의 경우에는 기업의 사회적 책임이라는 차원에서 나온다.

기업은 본질적으로 이윤을 창출함으로써 종업원과 주주 등 많은 사람들에게 경제적 혜택을 준다. 모든 기업은 이윤을 창출하려고 한다. 그러나 이윤을 내는 기업은 많지 않다. 어떤 기업은 이윤을 내고, 어떤 기업은 손실을 본다. 그 차이는 뭘까? 기업의 이윤 혹은 손실은 소비자의 선택에 의해 결정된다. 소비자가 그 기업의 상품을 많이 선택하면 할수록, 더 많은 이윤을 낸다. 소비자는 상품을 선택할 때 여러 가지 요소들을 동시에 고려한다. 그러나 가장 중요한 건 상품의 질과 가격이다. 이와 함께, 그 기업에 대한 일반적인 인식 수준이 소비자 선택에 지대한 영향을 미친다. 기업에 대한 이미지는 광고 및 홍보를 통해 이루어진다. 이런 맥락에서 기업이 지역민의 공익을 위해 공공도서관을 기부하는 것은 기업 이미지를 높이는 데 효과적일 수 있다. 따라서 기업 입장에선 공익 제고를 위한 활동이지만, 이것이 결국에는 기업의 이윤 추구에 도움이 될 수 있다. 따라서 기업의 도서관 기부는 외형적으로 공익 추구이지만, 결과적으로 이윤 추구에도 도움 되는 좋은 전략이다.

실제로 기업은 사회적 책임 강화라는 명분을 내걸고, 많은 형태의 공익 활동을 한다. 공익 활동의 종류는 무수히 많다. 저소득 가정 자녀에 장학금을 줄 수 있고, 해외에서 교육받을 수 있는 기회를 제공할 수도 있다. 또한 추운 날 어려운 이웃에게 연탄을 나누어주는 따뜻한 모습을 보여줄 수도 있다. 이때 비용 대비 가장 효과적인 공익 활동을 선택해야 한다. 이런 측면에서 공공도서관 기부는 좋은 전략이 될 수 있겠나. 우선 도서관은 부동산이기도 하고 지역과 밀착된 서비스를 지속적으로 제공하므로, 지역민에게 기업 이미지를 각인시킬 수 있다. 특히 도서관 이름에 기부 기업이 포함되었을 때는 그 효과가 더욱 증대될 수 있다.

수원시 선경도서관

1995년에 개관한 수원시 팔달구에 위치한 선경도서관은 선경그룹(SK 그룹의 전신)이 기부한 도서관이다. 총 공사비 250억 원으로 건립된 도서관으로 수원시에 기부 채납했다. 수원 화성 인근에 위치한 도서관이므로 지역 특성에 맞추어 수원 관련 향토 자료, 행정 자료, 역사 자료 등을 수집하여 전시하고 있다. 특히 수원학 및 역사를 특성화한 주제로 '수원학 자료실'을 운영하고 있다. 또한 화성과 화성행궁이 근처에 있으므로, 문화재와 관련 고서를 포함한 향토 자료를 보유하고 있다.

고 최종건 회장은 1936년에 수원에서 태어났으며, 도서관 건물 앞 작은 뜰에는 고 최종건 회장의 동상과 기념비가 있다. 이 동상 하단에는 "어릴 때부터 내 꿈은 내 고장 수원에서 제일가는 공장을 세우는 것…맨주먹으로 밤낮을 가리지 않고 뛰었다…드디어 나는 세계의 선경을 바라보게 됐다…그러나 나의 마음은 언제나 내 고향과 고향 사람들 곁에 있었다"라는 비문이 새겨져 있다. 이런 뜻을 기리고, 그 특성을 담은 도서관 활동들이 알려져 2019년엔 한국도서관협

도서관 건물 앞 SK 창업자인 고 최종건 회장의 동상(사진 제공=선경도서관)

회에서 주관하는 한국도서관상의 단체 부문 대상을 받기도 했다.

제주도 우당도서관

제주시에 있는 우당도서관은 1984년 김우중 대우그룹 회장이 설립해서 기부한 공공도서관이다. '우당'은 김우중 회장의 부친이자 제주도지사를 역임한 김용하 선생의 호이다.

도서관 출입구에 있는 우당 김용하 선생의 동상(사진 제공=우당도서관)

1984년엔 공공도서관이 많지 않았던 시대였기에 지역에서 소문난 도서관이었다. 도서관 위치가 비교적 한산한 곳이어서 자연 풍경이 좋은 곳이었다. 공부에 지친 학생들과 지역민들이 쉬어 갈 수 있는 공공도서관으로서의 역할을 충분히 하였다.

도서관 건물은 당시의 분위기를 생각할 때 파격적이다. 지상 3층 건물의 중간 부분을 모두 오픈하여 개방감과 웅장함을 느낄 수 있는 건축물이다. 천정은 유리로 처리하여, 햇빛이 천정에서 1층 로비층까지 닿을 수 있도록 설계하였다.

이제 세월도 많이 흘러 건물도 낡고, 공간 배치도 박물관이 떠오를 정도로 오래됐다. 그러나 그런 오래됨이 오히려 사람의 마음을 더 푸근하게 만든다. 도서관 공간 배치를 보면, 더 재미있다. 남학생 열람실, 여학생 열람실, 성인 열람실 등으로 나뉘어 있다. 타임머신을 타고, 먼 옛날로 온 듯한 기분이다. 학생은 남과 여로 나뉘어서 생활하던 방식이 아직도 이 오래된 도서관에서 행해지고 있다. 약 40년 전에 한 기업이 지역민을 위해 기부한 도서관이 그동안 지역민의 공공재로 사용되었다. 지금은 박물관에서만 느낄 수 있는 세월의 흐름을 여기서 느낄 수 있다. 한 기업의 기부는 그만큼 위대하다.

제6장

우리 역사와 함께 걸어온 공공도서관

“

만약 정원과 도서관이 당신에게 있다면,

당신이 필요한 모든 것을 가진 것이다.

If you have a garden and a library, you have everything you need.

”

- 마르쿠스 툴리우스 키케로Marcus Tullius Cicero,

로마시대 정치가, 철학자 -

의외로 짧은 우리나라 공공도서관의 역사

대한민국 국민이라면 누구든 언제라도 공공도서관을 무료로 이용할 수 있다. 그래서 공공도서관이 매우 오래 전부터 존재해왔던 것으로 생각하기 쉽다. 그만큼 우리 삶에서 친숙한 기관이 된 것이다. 그러나 사실 공공도서관은 근대 정치 체제가 정착되면서 우리 생활 속에 자리 잡은 것이다. 민주주의가 자리 잡으면서 비로소 공공도서관도 보편화됐고, 특히 민주주의 역사가 짧은 우리나라의 경우에는 공공도서관의 역사가 그만큼 짧을 수밖에 없다.

대한민국 정부는 1948년에 수립됐고, 그 후 공공도서관 제도가 시작됐다. 대다수의 사람들이 도서관을 이용하면서도 도서관의 역사에 대해서는 생소할 수밖에 없다. 하지만 도서관의 역사에도 우리는 관심을 가질 필요가 있다. 이미 지나온 과거에 불과한 역사에 관심을 가질 마음의 여유가 부족한 것이 우리 삶의 현실이지만, 현재를 이해하고 미래를 내다보기 위해 우리는 과거를 짚고 거슬러 올라가봐야 한다. 인간은 무한히 흘러가는 시간 속에서 일정 시간에서만 존재한다. 현재를 과거와의 연장선상에서 이해해야 현재의 의미를 제대로 이해할 수 있다. 같은 이치에서, 오늘의 도서관의 현주소를 알기 위해 우리 도서관의 역사를 간단하게 살펴보는 것은 매우 의미있는 일이다.

인류 역사에서의 도서관의 역사는 매우 길다. 고대에 최고의 도서관은 기원전에 세워진 이집트의 알렉산드리아 도서관이다. 다만 이 도서관은 오늘날의 공공도서관과는 거리가 멀다. 공공도서관은 모든 사람이 자유롭게 이용할 수 있는 공간이지만, 민주 제도가 정착하기 이전인 왕조 체제하에서 이 같은 시스템이 존재할 수 없었기 때문이다. 도서관은 주로 왕족과 지배 계층만이 이용할 수 있었다. 결론적으로 말하면, 공공도서관은 민주 체제하에서만 존재가 가능하다.

조선 시대 역시 왕조 체제이므로 공공도서관이 없었다.

우리 땅에 공공도서관이라는 개념과 체제가 도입된 시기는 아이러니하게도 일제 강점기 때다. 기분 나쁘게 생각할 이유는 전혀 없다. 국가의 제도와 문명은 서로 얽히고 설켜 있으며 상호 영향을 주며 함께 발전해나간다. 그러다 보니 우리의 공공도서관 역사를 면밀히 파악하기 위해서, 일본의 공공도서관 역사도 함께 살펴야 한다. 물론 일본 역시 서양으로부터 공공도서관 제도를 받아들였다. 따라서 서양 공공도서관의 역사도 함께 알아야 전체적으로 우리 공공도서관 역사의 배경을 알 수 있다. 서양에서부터 일본, 그리고 우리나라에 이르기까지 그 역사를 순차적으로 짚어보도록 하자.

서양의 공공도서관 역사

서양의 공공도서관 역사를 국가별로 파악하기에는 범위가 너무 넓다. 이 책에서는 공공도서관의 역사를 민주 체제와 연계해서 파악하고 있으므로, 민주 제도의 역사가 깊은 영국과 미국을 중심으로 도서관의 역사를 간략히 살펴보고

자 한다.

영국은 1850년에 공공도서관법을 제정했다. 이 법은 국가가 국민을 위한 도서관을 제공할 수 있는 법적 근거를 만들었다는 점에서 의미를 갖는다. 해당 법이 구체화될 수 있었던 배경을 보면, 영국에서 18세기 중엽에 시작한 산업 혁명과 밀접한 관계를 갖는다. 산업 혁명은 인류의 일상생활을 획기적으로 바꾸었고, 이후 지속적인 경제 발전을 할 수 있게 됐다. 그러나 전반적인 경제 번영과 함께 빈부 격차와 계급 갈등 문제가 심화되자 일반 국민을 위한 문화와 지식 서비스를 확대해야 할 필요성이 높아졌다. 이 법을 바탕으로 최초로 만들었던 도서관이 1852년에 세워진 맨체스터 시市 공공도서관이다. 이후 지역별로 공공도서관 건립이 활성화됨에 따라 1877년엔 75개 시에 만들어졌고, 1900년에는 300개 시로 확대되었다.

미국에서 민주주의 뿌리가 가장 깊은 지역은 매사추세츠 주州 보스턴이다. 때문에 공공도서관의 뿌리 역시 보스턴에서 출발했다. 1848년에 보스턴 공공도서관이 개관했는데, 이 도서관이 미국 역사에서 갖는 의미는 매우 크다. 대중이

후원하는 최초의 지역 도서관이며, 미국 최초로 대중에게 개방된 도서관이기 때문이다. 또한 책과 자료를 처음으로 일반에게 대출한 도서관이기도 하다. 이밖에도 미국의 공공도서관 역사에서 뉴욕 공공도서관은 지금도 많이 언급될 정도로 역사가 깊다. 1886년에 세워진 뉴욕 공공도서관은 초기 운영 단계에서부터 많은 재정적 어려움을 겪었다. 재정난을 해결하기 위해 정부의 역할도 중요했지만, 민간의 도움이 컸다. 특히 대표적인 기부자로 앞서 언급한 바 있는 강철왕 앤드류 카네기가 있다. 그는 1901년, 뉴욕 무료 공공도서관 건립에 막대한 기부를 했다. 이처럼 미국의 공공도서관은 정부의 역할은 물론이고, 민간의 자선에 의해 건립되고 운영된다는 특징이 있다. 지금도 뉴욕의 공공도서관의 운영비 절반은 기부에 의해 이루어지고 있다.

일본의 공공도서관 역사

동아시아 국가인 한국과 일본, 중국에 민주 제도가 정착된 시기는 19세기 이후다. 세 나라 중 일본은 서양 문명과 사상을 제일 먼저 받아들였다. 일본의 근대화를 이뤄낸 메이지 유신(1868~1890년)이 그것이다. 'library'라는 용어를 '도서관'으로 번역한 시기도 이때였다. 일본 근대화의 사상적 이론을 제공했던 후쿠자와 유키치는 도서관이라는 용어 이전에 '문고'라는 이름을 일본에 처음으로 소개하기도 했다. 서양에서 개발된 'library'라는 개념과 체계는 일본에서 '도서관', '문고'라는 용어로 번역됐고, 우리나라 역시 이를 그대로 도입했다. 따라서 지금 우리가 자연스럽게 사용하고 있는 '도서관'이라는 용어는 기껏해야 100여 년 정도의 역사적 뿌리를 가지고 있을 뿐이다.

일본의 공공도서관은 주로 정부에 의해 설립됐다. 대표적인 공공도서관은 1875년에 세워진 동경 서적관(현재 동경도립도서관)이다. 물론 1877년에 세워진 동경대학 부속 도서관이나, 1897년에 건립한 제국도서관(현재 국립국회도서관)도 있으나, 이는 모든 사람이 사용할 수 있는 공공도서관이 아니기 때문에 오늘날의 공공도서관으로 볼 수는 없다.

일제 강점기 당시 세워진 한국의 도서관

일본에서 도입한 공공도서관 체제는 우리나라에도 그대로 이식됐다. 1922년에 세워진 경성도서관(현재 남산도서관)과 1923년에 건립된 조선총독부 도서관(현재 국립 중앙도서관)이 그것이다. 다만 두 도서관은 모든 사람에게 공개되는 공공도서관이 아닌 특정 계층에게만 공개됐다. 이후에 공공도서관으로 변한 도서관도 있다. 1901년에 세워진 홍도도서관(현재 부산광역시립 시민도서관)이 대표적이다. 홍도도서관은 일본인을 대상으로 만들어졌으나 1919년부터 공공도서관으로 바뀌었다. 또 사립 공공도서관으로는 1922년에 세워진 경성도서관(현재 종로도서관)이 있는데, 이후 정부에서 관리하는 공립 공공도서관으로 변모했다.

이처럼 오랜 역사를 자랑하는 한국 도서관의 뿌리는 일제 강점기로 거슬러 올라가게 된다. 애써 부정하거나 외면할 필요가 없다. 있는 그대로의 역사일 뿐이다. 조선이 세계 근대화 흐름에서 뒤처져 있었고, 일제 강점기 때 비로소 서양의 문물이 대거 도입된 것은 엄연한 사실이다. 서양 문명에 개방적으로 대처해 근대화된 국가 체제를 도입한 일본이 우리보다 앞설 수밖에 없었다. 그렇다고 해서 이 같은 역사를 부끄러워할 필요는 없다. 과거는 과거일 뿐이고, 과거를 통해 현재를 올바르게 이끌어가면 된다.

인류 역사에서 문화와 문명은 늘 서로 주고 받으면서 전파됐다. 특정 시점에 특정 문화를 이식받았다고 해서 그것을 이식 받은 국가나 민족 구성원이 열등한 것은 결코 아니다. 유구한 역사를 가진 국가들의 문화 교류의 흐름을 보면, 서로 간에 영향을 주고받았다. 한때 고대의 백제 문명이 일본으로 건너가 일본 문화에 지대한 영향을 끼쳤음은 누구나 다 알고 있다. 지리적으로 가까운 국가인 만큼, 서로 영향을 주고받으며 발전해나가는 것이다. 문화와 문명은 지역에서 지역으로 자연스럽게 흘러간다. 지금은 한국의 아이돌 음악과 드라마가 일본인들을 열광케 하고 있다. 역사의 흐름 속에서 한 순간의 문명 수준의 차이를 부끄러워할 필요는 없을 것이다. 근대적 형태의 공공도서관 체제가 어떤 과정을 통해 이식되었던 간에, 우리가 그것을 지속적으로 발전시켜나가면 우리의 도서관 문화 수준이 훨씬 높아질 수 있기 때문이다. 국가 간에 문화와 문명은 서로 교류하는 것이 자연스럽다. 부끄러운 역사는 없다. 역사를 있는 그대로 보지 않고, 숨기려고 하고, 더 발전하려는 의지가 없는 것이야말로 부끄러운 것이다. 실패한 과거는 미래의 성공을 위한 국가 자산이다. 비록 조선이 근대화를 스스로 이루지 못했지만, 이를 교훈삼아 미래의 발전을 위한 역사적 자산으로 활용하면 된다.

부산광역시립 시민도서관

부산 교육청 산하의 도서관인 부산광역시립 시민도서관은 우리나라에서 가장 역사가 깊은 도서관이다. 이 도서관은 1901년에 홍도도서관이라는 이름으로 일본인을 위한 도서관으로 건립됐다. 일본인에 의해 세워졌지만, 이 땅에서 120년의 역사를 가지고 있는 귀중한 유산이다. 도서관은 현대적 감각으로 놀라운 시설을 갖추는 것도 중요하지만, 오랜 세월을 거쳐온 도서관의 장서와 분위기 또한 새로운 감흥을 준다. 특히 역사가 짧은 우리의 공공도서관 역사에서 이 도서관의 존재는 매우 소중한 자산이다. 우리는 서구의

몇백 년 역사를 가진 도서관 건물과 열람실을 보면서 부러움을 느낀다. 특히 도서관은 시대와 공간을 초월한 인간과의 만남을 의미하므로, 역사가 살아 숨 쉬는 도서관의 존재만으로도 국민의 정체성을 느끼기에 충분하다.

홍도도서관은 대한민국이 탄생한 후인 1949년에 비로소 '부산시립도서관'으로 개칭하고 우리나라 도서관의 명맥을 이어가고 있다. 다만 120년 전의 건물을 그대로 사용하고 있지는 않다. 1982년에 부산진구 초읍동으로 신축해 이전했다. 40년 된 건물이긴 하지만, 한국에선 이 정도의 건물 역사를 가진 도서관이 많지 않아 상대적으로 고풍스러움을 느낄 수 있는 도서관이다. 무엇보다 120년의 역사가 담겨 있는 장서가 소중한 문화 자산이다. 특히 일제 강점기의 고문헌을 소장하는 것으로 특화된 도서관이어서, 조선 말기부터 일제 치하의 외교 관련 자료가 원본으로 보관되어 있다. 또 국내 최고본으로 추정되는 고서도 있다. 오래된 일본 고서도 약 18,000여 권가량 소장하고 있다. 이런 도서는 사료적 가치가 높은 서적을 중심으로 매년 쉽게 풀어서 해제집으로 발간하고 있다.

1948년 이후 한국의 공공도서관

대한민국은 1948년, 본격적인 출발을 알렸다. 이는 한반도 역사에서 획기적이며 혁명적인 역사이다. 우리는 흔히 우리의 역사를 반만년 역사라고 말하지만, 실제 대한민국의 국가적 역사는 1948년 이전과 이후로 나눌 수 있다. 1948년 이전에는 국가의 주인이 왕이었던 반면, 1948년부터 국민이 주인인 자유 민주주의 국가가 됐기 때문이다. 자유 민주주의 체제는 국민이 집단으로 존재하지 않고, 개인으로 존중되고 보호받는 체제를 의미한다. 5천 년 역사에서 비로소 개인의 존재와 가치를 인정하는 국가 체제를 갖게 된 것이다. 개인이 자유롭게 도서관을 이용할 수 있는 체제를 스스로 정립한 시기 역시 대한민국의 건국과 맥을 같이 한다. 따라서 우리의 공공도서관 자립 역사는 대한민국의 정부 수립 시기와 같이 한다고 할 수 있다.

대한민국 수립 후의 공공도서관 정책 대부분은 일제 치하에 있었던 공공도서관 체계를 외형적으로 변화시킨 것이 대부분이었다. 대표적으로 일제 치하에 만들어진 조선총독부

조선총독부 도서관이 해방 후 국립 중앙 도서관이 되었고, 지금의 서울 소공동 롯데호텔 자리에 있었다. 지금은 옛터를 기념하는 표지석만 있고, 국립 중앙 도서관은 서초구에 위치해 있다.(사진 제공=국립 중앙 도서관)

도서관을 1945년에 '국립도서관'으로 개칭하여 운영하였던 것이다. 이 도서관은 현재 국립 중앙 도서관으로 발전했다. 그 당시 공공도서관 숫자는 20여 개 정도로 적었었다. 특히 경제 발전의 기틀을 마련했던 시기인 1960~1970년대에는 도서관 정책이 미미한 수준이었다. 주로 마을 문고 운동이라는 민간 중심의 운동 차원으로 공공도서관을 운영했다. 농어촌 마을 단위로 문고를 설치하고, 주민이 공동으로 운영하는 체제였다. 큰 틀에서 보면 새마을 운동과 같은 철학하에 추진됐고, 실제로 마을 문고 단위의 조직은 새마을 운동 조직의 산하 단체로 활동하였다. 1972년엔 약 70개, 1988년에 약

180개, 2000년에 420개, 2020년에 약 1,110여 개로 증가하였다.

서울도서관

서울은 대한민국을 대표하는 도시다. 그렇다면 서울의 문화를 대표하는 장소는 무엇일까? 여러 장소가 떠오르겠지만, 공공도서관도 그중 하나다. 서울도서관 건물은 박물관에 소중하게 보존해야 할 정도로 역사적 가치를 갖고 있는 유서 깊은 건물이다. 일제 치하였던 1926년에 건립돼 경성부 청사로 사용되었고, 해방 이후에는 서울시 청사로 사용됐다. 이후 서울시 새 청사가 바로 뒤편에 건립되었는데, 기존 청사를 어떻게 할지에 대한 결정이 쉽지 않았을 것이다. 이를 공공도서관으로 결정한 것은 매우 획기적이었다. 공공도서관에 대한 인식이 그리 높지 않았을 때고, 복합 문화 장소로서 공공도서관 개념은 더 희박했을 것이다. 그럼에도 2012년, 복합 문화 공간으로 재구성해서 개관했다. 역사와 문화를 한 공간에 녹인 것이다. 이제 서울의 중심에는 시청이 아닌 공공도서관이 있다. 서울도서관은 지리적으로 서울

서울도서관 전경

의 중심에 있을 뿐 아니라 역사적 유물이며, 복합 문화몰로서 시민의 문화 휴식처이기도 한다.

서울의 대표 도서관인 만큼 서울 관련 자료와 기록물을 볼 수 있는 서울기록문화관이 있으며, 옛 공간을 복원해서 박물관 분위기도 내고 있다. 어린이 자료실, 장애인 자료실, 디지털 자료실, 스마트 오피스와 북 카페도 갖추고 있다. 책만 보는 독서실이 아닌, 아이를 데려온 엄마가 책을 읽어줄 수 있는 곳이며, 다문화 이주민이 자기네 나라의 책을 찾아서 책을 읽을 수 있는 국제 도서관이기도 하다. 영화와 음악과 전시를 즐길 수 있는, 공공 문화 복합 시설이 바로 서울 공공도서관이다.

서울은 대한민국을 대표하는 도시이며, 이미 세계적으로 알려진 도시다. 국가를 대표하는 상징이 있듯이, 도시를 상징하는 이미지는 많다. 그럼 물리적으로 서울을 대표하는 건물은 무엇인가? 우리는 아마 서울시청이라고 할 것이다. 이미 역사적 건물인 시청으로 우리의 머리에 각인되었기 때문이다. 그러나 지금은 서울을 대표하였던 서울 청사 건물이 공공도서관으로 변했다. 그래서 서울을 대표하는 건물은 '서울 공공도서관'이다. 얼마나 자랑스러운 도시의 이미지인가. 이제 우리 서울에는 지리적으로 중심에 있으며, 대표적이고 역사적인 건물이 '공공도서관'이다. 전 세계에 서울의 위상을 알리는 데 이보다 더 좋은 사실이 없을 것이다. 이제 서울의 공공도서관 건물을 전 세계에 홍보하자.

국회도서관

국회도서관은 전쟁이 한창이던 1952년에 임시 수도인 부산에서 설립됐다. 당시 국회 의원들은 국회도서관 설립의 필요성을 절실하게 느끼고 있었다. 1951년에 국회 의원 다수가 결의한 도서관 설립 안건을 보면 당시 국회 사정이 어땠는지를 엿볼 수 있다.

"단 한 칸의 도서실이라도 설치하여 국내외의 신문 등이라도 입수하도록 하여 우리의 사명에 만분지일이라도 도움이 되도록 함이 본 결의안의 취지임."

지금 국회도서관은 약 7백만 권의 장서를 소장하고 있지만, 그 당시 국회도서관을 설치하려는 의원들의 마음은 이렇게 소박한 심정이었다. 또한 국회 본회의에서 있었던 국회도서관 설치 안건에 대한 심사 보고 발언을 보면 당시 현실이 얼마나 처참했는지 실감할 수 있다.

"우리가 현재 법안을 참고하려고 하더라도 내무부니 법무부니 쫓아다니면서 책을 빌려 보는 현실에 있기 때문에 이것(도서관 설치)을 하루바삐 실현해야 되겠다는 생각을 가지고 있었습니다."

국회도서관이 있었던 자리에 지금은 부산 동아대 도서관이 들어섰다.

국회도서관이 설립된 가장 중요한 이유는 의원들의 입법 활동에 도움을 주기 위함이었다. 국내외 신문을 자유롭게 볼 수 없던 그 시절엔 법안 하나를 만들기 위해 해당 행정 기관의 자료를 직접 찾아다녀야 했다. 그 당시 국회의 수준은 곧 대한민국의 수준이었다. 대한민국의 시작은 미약했지만 좀 더 나은 현실을 위해 조금씩 발전의 걸음마를 해온 것이다. 그 결과, 지금 국회도서관은 많은 장서를 소장한 거대한 기관으로 발전했다. 국회도서관의 시작점인 당시의 기록을 보면 현재의 대규모 장서는 결국 국회 의원들의 입법 활동을 위한 정보이며, 지식이었음을 짐작할 수 있다.

국회 의원회관에서 바라본 국회도서관 전경

1998년은 국회도서관 역사에서 매우 중요한 해다. 국회도서관이 입법 활동 중심의 정보 제공 기관에서 일반 국민에게도 서비스를 확대하게 된 역사적인 해이기 때문이다. 즉 국회도서관이 공공도서관 기능을 같이 하게 되었다. 우리 사회의 민주화 속도가 빨라짐에 따라, 국회도서관도 국민이 손쉽게 이용할 수 있는 국민 도서관으로의 기능을 확대했다. 즉 국회 의원에게 입법 정보를 제공하는 도서관에서 공공도서관으로의 기능을 추가한 것이다. 국회도서관의 공공도서관으로서의 역할은 단지 물리적인 도서관 장소를 국민에게 제공하는 것에 한정된 것이 아니다. 국회도서관에서 소장하고 있는 많은 장서는 전자 파일로 구축돼 있으며, 이런 정보 및 지식은 전국 학교에도 제공되고 있다. 아울러 지방정부 의회에서도 자유롭게 국회의 입법 정보를 확보할 수 있다.

제7장

도서관으로 세상을 바꿀 수 있다

"

도서관은 가장 위대한 학문 도구, 문화 저장소,

정신적 자유에 대한 상징이다

"

- 프랭클린 D. 루스벨트Franklin Delano Roosevelt, 미국 32대 대통령 -

민주주의와 맥을 같이하는 공공도서관

모든 국가는 정체성을 가진다. 대한민국의 정체성은 '자유 민주주의' 국가다. 우리는 5천 년 역사를 자랑스럽게 이야기하지만, 정작 국민이 주인 되는 민주주의 체제는 1948년부터 시작되었고, 개인 존재가 인정되고 보호받는 자유 민주주의 체제를 처음으로 가졌다. 그래서 5천 년 역사에서 가장 위대한 국가는 대한민국이다. 공공도서관은 민주주의와 맥을 같이 한다. 과거 왕조 체제에서도 도서관은 있었지만, 소수 지배층을 위한 것이었다. 모든 국민이 자유롭게 이용 가능한 공공도서관은 민주 체제에서 출발하였다. 그러므로 공공도서관과 민주주의는 밀접한 관계를 가진다.

민주주의는 이상이다. 실제로 민주주의를 받아들여도,

실질적인 민주주의 형태는 간접 민주주의다. 즉 국민의 대표를 뽑아서, 소수의 정치인이 국민의 뜻을 대신 펴는 것이다. 간접 민주주의 체제는 필연적으로 정치 시장을 만든다. 우리는 경제 시장에는 익숙해도 정치 시장은 잘 이해하지 못한다. 시장은 추상적 개념이며, 수요와 공급이 만나는 개념적인 장이다. 정치에서도 경제처럼 수요와 공급이 있다. 간접 민주주의 체제에서 수요자는 지역의 유권자다. 유권자들은 그들이 원하는 바를 대변해주는 공급자를 선택해야 한다. 이때 공급자는 정치인이다. 경제 시장에서 수요자는 여러 가지 상품 중에서 하나를 선택한다. 같은 논리로 정치 시장에서 유권자는 다수의 후보자 중에서 한 명의 정치인을 선택한다.

'도서관과 정치'는 확실히 연관성을 가진다. 그러나 인과관계는 쌍방향이다. 우리는 일반적으로 정치인이 공공도서관 수준에 영향을 미치므로, '정치 ⇨ 도서관' 관계로 생각한다. 그러나 반대 방향, 즉 '도서관 ⇨ 정치'도 작동한다. 공공도서관에 대한 유권자의 힘이 정치인을 움직일 수 있다. 그래서 정치인끼리 '도서관 경쟁'을 하도록 하면, 정치는 그만큼 발전한다. 필자가 이 글을 쓴 가장 큰 이유는 후자의 인과 관계를 강조하기 위해서다. 즉 도서관을 통해, 우리 정치를 조금이나마 발전시킬 수 있다는 확신 때문이다

더 나은 세상, 도서관에서 시작된다

국민 누구나 마음대로 사용할 수 있는 도서관은 민주주의 이상을 구체적으로 표현한 물상이다. 개인의 존재는 모두 소중하므로, 민주주의 체제하에서 개인을 존중하는 이상과 실제가 일치한다. 많은 정치인은 국가와 민족, 공익을 이야기한다. 그러나 실제로는 개인 사익을 챙기는 정치 행동이 너무도 많았다. 사익이라고 해서 모두 불법적인 건 아니다. 합법적인 범위 내에서도 얼마든지 사익을 챙길 수 있다. 이때 정치인의 본심이 드러난다. 지역민 혹은 국민을 위한 정책을 펴야 하는데, 공익을 무시하고, 선거에서 이기기 유리한 선택을 하는 경우다. 쉽게 말해서 국민이냐, 선거 당선이냐의 선택에서 선거 당선 쪽으로 선택하는 행위다. 정치인

의 활동이 사익과 공익 간에 괴리를 가질 때, 정치 시장에서 실패가 일어난다고 한다. 경제 시장에서 시장 실패와 같은 논리다. 정치 시장에서의 '정치 실패'는 시장 실패보다 더 심하고 교정하기도 힘들다. 그만큼 정치 시장의 발전이 어려운 이유다. 어쩌면 우리 경제 수준이 선진국 수준에 진입했음에도 불구하고, 정치 수준은 저개발 국가 수준이라는 국민의 인식과 같이 한다.

정치 시장에서 공공도서관으로 경쟁하는 구조가 되면, 우리의 정치 시장은 발전할 수 있다. 우선 공공도서관은 공익과 일치한다. 공공도서관은 누구든지 자유롭게 이용해도 아무런 불편을 못 느끼는 '공공재'다. 모든 사람이 차별 없이 공평하게 즐길 수 있는 일종의 '보편적 복지'다. 정치권에선 특정 계층에 대해 선별적으로 지원하는 정책의 효과성에 대해 '보편적 복지'와 '선별적 복지' 관점에서 논쟁한다. 일반적으로 보편적 복지에 대해서는 선별적 복지에 비해서 상대적으로 정치적 반대가 없다. 공공도서관은 보편적 복지 차원에서 접근이 가능하다. 공공도서관은 연령에 관계없이 누구에게도 혜택을 줄 수 있는 문화재이면서 복지재다. 공공도서관에서의 지식 활동이 한 개인의 인생을 바꾸고, 인류의 문명을 바꿀 수도 있다. 대표적인 예가 빌 게이츠다. 그가 공공도서관을 이렇게 평가했다.

"오늘의 나를 있게 한 것은 우리 마을의 도서관이었다."

한 개인의 생각을 바꾸고, 인류의 문명을 바꾸게 된 배경에는 마을의 공공도서관이 있었다. 공공도서관은 문화재이면서, 동시에 지역민들 간에 소통하는 공간이다. 민주주의는 지역민의 정치에 대한 관심에서 출발한다. 지역민이 서로 가깝게 소통하고, 공공 부문에 원하는 바를 표현할 때, 그 나라의 민주주의는 발전한다. 공공도서관은 지역민 간의 소통의 공간이면서, 민주주의 정신과 활동을 교육받을 수 있는 공간이다. 민주주의의 성공 여부는 독립된 개인이 존재하는가이다. 독립된 개인으로 존재하기 위해서는 한평생 공부해야 한다. 대학 교육이 마지막이 아니고, 언제든지 교육받고 토론하는 공간이 있어야 한다. 그런 민주주의 발전의 원동력이 되는 물리적 공간이 공공도서관이다. 이 세상에서

도서관이 많아서 망한 나라는 없다. 도서관은 민주주의 수준을 나타내는 지표로서 사용될 수 있다. 도서관이 많은 나라는 국민의 지적 수준도 높다. 이런 국민을 가진 국가는 절대 권위주의적 정치를 할 수 없다. 국민에 자유를 최대한 허용하고, 그에 따라 경제 번영 수준도 높다. 그러므로 공공도서관으로 정치권에서 경쟁하게 하자. 공공도서관은 정치 시장에서 '사익=공익' 등식을 가능하게 하는 구체적 정치 상품이다. '사익=공익'이 작동하는 정치는 성공한 정치이고, 국민 삶이 윤택해질 수 있는 정치다. 그래서 정치인들에게 도서관으로 경쟁하는 정치 풍토를 만들자.

정치인들이여, 도서관으로 승부하라!

꿈이 있는 정치인은 정치를 해야 한다. 그러나 꿈만으론 정치를 할 수 없다. 좋은 정치인이 되려면, 먼저 정치인으로 선거에서 당선되어야 한다. 선거에서 유권자의 마음을 잡을 수 있는 정치 상품은 무엇일까? 이것이 정치 후보자들의 공통된 화두다. 모든 정치인의 캠프에선 이런 정치 상품을 개발하는 데 많은 전문가들이 활동한다. 이제 도서관으로 눈을 돌려보기 바란다. 도서관 정책 개발은 단순하게 몇 개 도서관을 만든다는 양적인 측면을 이야기하는 게 아니다. 그 지역에 가장 적합한 도서관을 스스로 개발해보기 바란다. 지역마다 인구 구조적 측면에서나, 경제 사회적 측면에서 제각각 다른 특성이 있다. 이런 특성에 딱 맞추어서 그 지역에만 어울리는 도서관을 개발하는 것은 어떨까? 이 책에서 소개한 혁신적 공공도서관을 한 번씩 경험해보고서, 아이디어를 짜보는 것은 어떨까? 좋은 공공도서관은 그냥 생기는 게 아니다. 공공도서관을 하나 만들기 위해서는 많은 행정 절차를 거쳐야 한다. 그 과정마다 험난한 길이 있다. 이를 모두 극복하고, 공공도서관을 건립하기 위해서는 정치인과 공무원의 힘이 뒤따라야 한다. 혁신 도서관 뒤에는 반드시 혁신적 정치인이 있다. 구체적으로 어떤 인물이 어떤 역할을 했는지는 알 수 없으나, 확실한 것은 정치인의 의지가 가장 중요하다는 것이다.

정치인은 미래의 청사진을 유권자들에게 제시해야 한다.

정치는 미래 청사진의 경쟁이기 때문이다. 그 청사진은 구체적일수록 유리하다. 단순하게 '민주주의 발전을 위해서' 혹은 '자유의 신장을 위해서'라는 구호는 공허할 뿐이다. 지역민의 마음에 다가가지 않는 정치 상품일 뿐이다. 이제 공공도서관으로 청사진을 제시하기를 권한다. 학생들이 많은 지역엔 학생들이 중심되는 공공도서관을 제안하고, 숲속공원엔 자연과 문화가 공존하는 공간으로 만들기 위해 공공도서관을 제안하면 어떨까? 그래야 지역 유권자들의 마음이 움직인다. 이제 정치 지망생은 추상적인 구호에서 벗어나서, 구체적인 공공도서관의 미래 모습을 제시하는 게 어떨까? 꼭 공공도서관일 필요는 없다. 지역 특성에 따라 사립도서관 유치도 좋다. 사립도서관이 들어오는 데 제도적 장애와 규제를 없애는 정책 개발을 해도 좋다. 기업 기부로 공공도서관을 건립하게 하는 것도 좋은 정치다. 지역민을 위한 공공도서관 개발이란 큰 그림만 있으면, 구체적인 정책안은 얼마든지 있다. 언젠가 이런 정치 지망생이 나오길 상상해본다. "난 정치 사상도 모르고, 민주주의도 자유도 모른다. 정치인으로 나의 사명은 지역민에게 이런 공공도서관을 선물하고 싶다. 그게 내가 정치판에 뛰어든 이유다."

"더 좋은 도서관을 달라!" 유권자는 외칠 권리가 있다

수요가 공급을 만든다. 수요가 있으면, 반드시 그 수요를 만족시키는 공급이 뒤따른다. 경제 시장에서 많이 하는 논리다. 수요에 맞춘 상품을 개발하면, 공급자에게 이윤을 가져다주기 때문이다. 그래서 모든 공급자는 천사일 수 있다. 수요자가 원하는 것을 제때 주기 때문이다. 그런데 그 공급자는 천사이면서도 이윤을 얻는다. 성공한 공급자는 수요자에게 봉사하면서 이윤을 획득한다.

정치 시장에서도 마찬가지다. 정치 시장에서 수요자는 지역 유권자다. 지역 유권자는 자신의 지역에 어떤 공공도서관이 있는지 관심을 가져보기 바란다. 그리고 좋은 공공도서관이 있는 지역을 방문해보길 바란다. 그러면 자기 지역의 문제점이 보인다. 그리고 정치인에게 요청해보자. "우리 지역에 이런 공공도서관을 원한다. "인근 지역엔 유명한 이런 공공도서관이 있는데 우리 지역엔 왜 없는가?"라고 말하자. 수요가 있는 곳에는 반드시 공급이 있다. 거꾸로 수요가 없으면, 절대 공급이 생기지 않는다. 수요는 지역민의 외침이고, 선거 때 투표라는 선택 행위로 보여주는 것이다. 수요자를 외면하는 정치인은 절대 존재할 수 없다. 그 지역에 나쁜 정치인이 있다면, 그 지역민이 정치 후보자에게 무관심했기 때문이다.

이런 관점에서 정치 수요자의 행동을 살펴보자. 경제 상품과는 달리 정치인을 잘못 뽑아도, 그 손해는 국민 전체가 고루 부담하므로, 한 개인에게 주는 손해는 미미하다. 잘못 뽑아도, 본인에게 오는 손실은 극히 미미하니, 선거 때 후보자들에 대해 꼼꼼하게 비교하지 않는 게 합리적인 행동이다. 시간이 돈인데, 그 시간에 돈 벌 궁리를 하는 게 차라리 더 이익이다. 그러므로 후보자를 판단하는 기준으로 공공도서관에 대한 비전을 보면 어떨까? 이제 후보자의 자질은 도서관에 대한 선거 상품을 비교해서 결정해보자. 공공도서관에 대한 개념과 미래 비전이 없는 후보는 선택 대상에서 제외하자. 이런 지역민의 수요 행태가 알려지면, 정치 후보자는 모두 공공도서관에 대한 비전을 개발할 것이다. 추상적인 선거 공약보다 구체적인 공공도서관의 비전을 통해서 지역민의 원함을 강렬하게 전달할 수 있을 것이다.

지방에 가면, 그 지방의 중심지에 가장 거대한 건물이 자리 잡고 있다. 대부분 군청이고 시청 건물이다. 우리의 도시 구조는 아직도 너무 관료적이고, 위압적이다. 우리는 지금 민주주의 세상에 살고 있지만, 도시 구조 측면에서 왕조 시대와 다를 바 없다. 도시의 중심에 공공도서관을 두게 하자. 군청과 시청은 공무원을 위한 공간이다. 국민이 주인인 민주주의 체제하에서, 도시 구조도 그 중심엔 시민이 자유롭게 즐기는 건물을 두자. 그런 공간이 바로 공공도서관이다. 이제 지역민은 도시 구조에서도 민주주의 외침을 높여야 한다. 가장 중심부에 시청이 아니고, 공공도서관을 두는 공간의 민주주의를 실현해보자.

도서관을 만들어줄 미래의 기부자들에게

공공도서관은 꼭 정부에서 제공하는 건 아니다. 민간에서도 얼마든지 공공도서관을 건립할 수 있다. 오히려 민간에서 만드는 공공도서관은 좀 더 지역 친화적인 공간 구성을 가능하게 한다. 미국 공공도서관의 뿌리는 민간 기부에 의해 이루어졌다. 강철왕 카네기는 생전에 2,500여 개의 공공도서관을 세워서 지역민에게 기부하였다. 어쩌면 미국의 강함은 국내 총생산(GDP)보다, 기부에 의한 공공도서관 숫자에 의해 더 잘 알 수 있다. 우리는 그동안 배고픈 국민이었다. 이제 선진국이 되었으니 기부 문화도 개인 생활의 일부로 정착될 것이다.

우리 의식 속에는 기부라고 하면, 대학 등 학교에 기부하는 것으로 생각이 고착되어 있다. 경제 개발 시대엔 우리 국민이 교육을 제대로 받지 못했고, 그때의 한이 교육 기관에 대한 기부로 이어지지 않았을까 생각된다. 이제 기부 대상도 다양화되어야 한다. 공공도서관이 좋은 기부 대안이 될 수 있다. 기부는 이타적 행위이지만, 조그만 징표를 가지는 건 서로 간에 좋은 것이다. 기부 대상에 기부자의 이름을 붙이는 것이다. 공공도서관에 기부자 이름을 붙여서, 기부자에게도 인생의 뜻깊은 기부로서 자부심을 가지도록 하자. 그런 의미에서 서울 서대문구에 있는 '이진아 도서관'은 좋은 시발점이다. 꼭 독립된 한 개의 공공도서관을 건립하는 기부만을 생각할 필요는 없다. 그런 큰 기부를 할 수 있는 기부자는 극소수다. 대부분 기부자는 생활 속에서 자연스럽게 일어날 수 있도록 소액을 기부하는 문화를 만들자. 처음에는 이상한 행동도 지속적이면 문화가 된다. 지금은 특정한 소수 개인만이 기부하지만, 시간이 감에 따라 기부 문화가 되어 서로 간에 전파된다. 그럴 때 그 나라는 선진국이 된다. 선진국은 국내 총생산만으로 알 수 있는 게 아니다. 오히려 기부에 의한 공공도서관 숫자를 통해 그 나라의 문화 수준을 파악할 수 있고, 더 정확한 지표가 된다.

공공도서관에는 많은 공간이 있다. 이런 공간을 활용하여 기부자의 이름을 붙이자. 꼭 기부자 이름일 필요는 없다. 기부자가 원하는 이름이면 뭐든지 붙여주는 공공도서관이 되어보자. 작고한 어머니를 추모하면서, 어머니 이름을 도서관 개별 방에 붙이는 것은 어떨까? 기부자가 그 방에서 책을 보면서, 어머니를 추억하는 장면은 누구에게나 감동을 줄 수 있다. 기부자는 개인의 만족감을 얻을 수 있고, 공공도서관 사용자는 그 도서관을 즐긴다. 기부자의 사익 행위가 공익이 되는 순간이다. 우리나라 산에 가면 유독 묘지가 많다. 조상을 숭배하는 문화는 묘지 사용에서도 잘 나타난다. 이제 돌아가신 부모를 숭배하는 방법으로 공공도서관 건립에 기부하는 건 어떨까? 공공도서관 내 공간에 부모님의 이름을 붙여서 부모님께도 효도하고, 지역민에게도 좋은 선물을 하는 건 어떨까? 이제 개인 기부 행위에서도 패러다임이 다양해야 한다. 무조건적이며 이타주의적 기부가 항상 좋은 건 아니다. 오히려 기부를 통해 특정인의 이름을 남기고 기리는 쌍방향적 기부도 확산되어야 한다.

기업은 이미지로 산다. 기업의 이미지가 그 기업의 미래를 결정한다. 기업의 주된 목표는 이윤이다. 그러나 이윤 추구 만으론 기업의 이미지를 높일 수 없다. 그래서 '기업의 사회적 공헌'이 있다. 기업의 사회적 공헌은 기업으로 하여금 이미지를 높이는 데 좋은 명분이다. 사회적 공헌을 어떤 방식으로 해야 하나? 기업의 이미지를 높이는 가장 효과적인 공헌 대상은 어디인가와 같은 말이다.

공공도서관에 기부 채납하는 것은 기업의 사회적 공헌 대상으로 적합한 대안이 될 수 있다. 공공도서관은 건립된 지역민에게 주로 혜택이 간다. 그래서 기업의 특성에 따라 특정 지역에 대한 기업 이미지를 높이는 데 지역 공공도서관 기부만 한 게 있을까? 물론 기부하는 공공도서관에 기업의 이름을 붙이면 효과는 더 날 수 있다. 특히 그 공공도서관이 지역뿐 아니라, 전국에 소문이 날 경우에는 기부한 기업의 이미지는 훨씬 올라갈 것이다. 그래서 공공도서관은 기업 입장에서 '사회적 공헌 행위'가 아니고, 기업의 '투자 행위'다. 투자란 미래의 수익을 위해 현재 소비를 줄이는 합리적인 경제 행위다. 기업은 항상 미래를 준비해야 한다. 그래야 기업이 연속적으로 생존할 수 있고, 기업이 생존해야 국민에게 경제적 파급 효과를 부수적으로 줄 수 있다. 이제 기업도 공공도서관 기부를 통해, 기업의 사회적 공헌도 달성하면서, 기업 이미지도 높이는 게 어떨까?

도서관 민주주의

펴낸날 초판 1쇄 2021년 9월 15일

지은이 현진권
펴낸이 심만수
펴낸곳 (주)살림출판사
출판등록 1989년 11월 1일 제9—210호

주소 경기도 파주시 광인사길 30
전화 031-955-1350 팩스 031-624-1356
홈페이지 http://www.sallimbooks.com
이메일 book@sallimbooks.com

ISBN 978-89-522-4312-6 03810